내 기타는
잠들지 않는다

시 중 현

내 기타는 잠들지 않는다

초판 1쇄 인쇄 2006년 6월 25일
초판 3쇄 발행 2022년 1월 24일

지은이 신중현
펴낸이 고찬규
펴낸곳 도서출판 해토
등 록 2003년 4월 16일(제10-2631호)

기 획 이경희
편 집 지태진, 방재원

주 소 서울시 마포구 서교동 375-24 그린홈 201호 (우 121-839)
전 화 02)333-6127
팩 스 02)333-6120
이메일 goodhaeto@empal.com

ISBN 89-90978-49-1 03810

내 기타는
잠들지 않는다

신중현

우리 대중음악의 정체를 알려거든
신중현을 들어라!

한국 대중음악의 역사를 연구하는 사람들은 늘 곤혹스럽고 고통스럽다. 욕구에 상응하는 자료와 기록이 거의 없기 때문이다. 참고할 기록이라고는 사실을 담보하지 않은 평가적 고찰 아니면 지극히 주관적인 재조명적 판단들뿐이다. 특히 대중음악의 틀이 확립되기 시작한 1960년대부터 1980년대까지는 당대 종이매체의 기사를 빼고는 사실상 관련 기록이 전무한 실정이다. 대중문화를 홀대하던 시기라 대중문화를 보관하고 기록해야 한다는 개념이 희박했기 때문일 테지만, 대중문화의 위상이 몰라보게 달라진 지금도 상황이 그다지 나아지지 않고 있다.

그리하여 대중음악을 연구하기 위해서는 그 시절의 음악계를 헤치고 살아온 당사자를 만나는 것 이외에는 도리가 없다. 그들의 증언과 고백을 모아 사실과 흐름을 재구성하는 일이 우리한테는 가요역사를 축조하는 유일한 방법인 셈이다. 여기서 신중현이 지니는 막대한 상징성이 부각된다. 신중현은 트로트와 스탠더드를 두 축으로 하던 시대에 서구의 로큰롤과 흑인음악을 창조적으로 수용해 새롭고 독창적인 음악어법, 이른바 '뉴 뮤직'을 그것들에 병치시켜낸 인물이다. 이것은 신중현의 이름이 사회적 성격을 띤다는 것을 의미한다. 따라서 잘 만들어진 신중현 개인의 역사는 우리 대중음악의 전체를 조망하는 통사가 될 수 있는 것이다.

신중현의 혁신적인 음악은 비주류에 허덕이는 지금의 인디와 달리 언제나 주류에서 호령했다는 점이 중요하다. 이 책은 신중현이라는 인물이 단순히 '한국 록의 대부'라는 타이틀에만 갇혀 있을 수 없음을 생생히 말해준다. 일례로 미 8군 무대를 공략하던 시절, 엘비스 프레슬리의 춤을 보고 김추자 등에게 그 쇼맨십을 전수했다는 대목에서 우리는 그가 오디오를 넘어 비주얼에 이르기까지 장르를 망라한 음악 콘텐츠의 위대한 프로듀서이자 지휘자였음을 알 수 있다. 로큰롤, 솔, 재즈, 펑키는 물론 흔히 말하는 '댄스'도 그의 표현 영토였던 것이다.

당시의 음반 제작과 매니지먼트 관행은 지금의 기준에서는 조악하고 비릿하지만 그 때문에도 책은 역사적 사실성을 획득한다. 그가 겪은 경험의 편린들을 나열하는 것에서 이미 역사서의 풍모를 갖춘다. 신중현이 솔직담백하게 털어놓는 일화들은 신세대들은 감히 상상할 수도 없을 만큼 충격적이고 흥미롭다. 그러나 지나간 시절에 일어난 일은 너그럽게 용서하는 우리의 속성 덕분인지 모든 사실들이 왜 그리 낭만적으로 비쳐지는 것인지…….

음습한 음악계 풍토에서 솟아난 경이로운 신중현의 도전과 실험은, 지금의 음악계가 형식만을 확립하고 외투만을 화려히 치장했을 뿐 음악의 내면, 그중에서도 가장 중요한 예술가의 혼을 박탈하고 있다는 조용한 반성을 일깨운다. 책을 읽으면서 독자들은 우리의 현재 음악계가 상업성만을 좇아 폭주기관차처럼 내달려가는 것은 역사적 기록의 부재로 역사적 인식이 뿌리내리지 못했기 때문임을 알게 될 것이다.

언제나 뒷면이 가려져 있었기에 대중음악계는 야사가 곧 정사이기도 하다. 신중현의 절절한 고백을 절대 흥밋거리로 치부해서는 안된다. 유신으로 대표되는 억압시대에 그것에 굴하지 않고 당당히 대치하면서 예술 혼을 지켜온 그 처절한 몸짓과 순수한 호흡, 그 시대정신을 읽어야 한다. 〈중앙일보〉에 연재될 때부터 열렬한 독자였던 사람으로 이렇게 완간을 보게 되어 반갑다. 신중현의 자전만이 아닌, 사실에 기초한 모처럼의 가요역사책이 나왔다는 기쁨 때문이다.

임진모(음악평론가, 대중음악협의회 회장)

마지막 투어,
그리고 또 다른 시작

생애 마지막 투어를 앞두고 햇살이 쏟아지는 창가에 앉아 먼지 앉은 기타를 수건으로 닦아본다.

새벽 6시면 자리에서 일어나 목욕재계를 한다. 배가 고프면 먹고, 음악을 하고 싶으면 기타를 치고, 졸리면 잔다. 잠이 들었다가도 깨고, 깨어 있다가도 잠든다. 잠자는 시간과 깨어 있는 시간의 경계는 점점 더 허물어진다. 노인의 하루는 이렇게 삶과 죽음이 공존한다.

나는 좀처럼 뒤돌아볼 줄 모르는 천성이다. 그저 앞일만 생각하기에도 시간은 모자랐다. 그러나 지난해 겨울 〈중앙일보〉 이경희 기자가 우드스탁에 찾아오면서 상황이 달라졌다. 내 지난 인생을 돌아보는 '남기고 싶은 이야기'를 새해 첫 달부터 연재하자는 제안에 흔쾌히 응하길 잘했다. 더 이상 남길 이야기도 없을 정도로 속 시원하게 인생역정을 털어놓았으니 말이다. 그리고 많은 걸 깨달았다. 인정하고 싶진 않지만 인생을 서서히 정리해야 할 나이에 접어들었다는 사실 말이다.

당시 나는 20여 년 동안 생활과 음악의 터전이었던 서울 문정동 지하 우드스탁을 정리하고 공기 맑은 용인에 집을 짓고 있었다. 사실상 노년 생활을 차분하게 맞이할 터전을 마련한 것이다. 연재가 끝나고 출간을 앞둔 지금은 용인으로 완전히 거처를 옮겨 살고 있다. 우드스탁은 역사 속으로 사라졌다.

우드스탁이 지옥이었다면 용인은 천국이다. 공기가 뭐라 표현하지 못할 정도로 상쾌해 막혔던 코가 다 뚫렸다. 건강이 나날이 좋아지는 걸 실감한다. 이곳에서 먹고 자긴 하지만 집짓기는 완전히 끝내지 못했다. 수시로 망치와 못 따위를 들고 마무리 공사를 한다. 이렇게 조금씩 손보면서 살아갈 생각이다. 게다가 난 늘 공사 중인 듯 거친 인테리어를 좋아한다. 거칠고 투박한 소리가 살아 있는 음악을 좋아하는 것처럼 말이다.

생애 마지막 투어도 용인에 집을 짓는 일과 같이 내 노년기를 준비하는 작업이다. 20여 년간 지하에 묻혀 있던 음악성을 정리하고 대중에게 알리는 무대이기도 하다. 음악의 한계란 전 세계 어느 뮤지션이든 다 느끼는 것이다. 그러나 나는 무한의 세계에 도전하려 한다. 강력한 도를 터득하지 않으면 구현하지 못하는 음악이 있다는 걸 이번 콘서트에서 보여주고 싶다. 테두리에 갇히지 않은, 어떤 한계에 만족하지 않는 음악을 말이다.

사실 마지막이란 말은 하고 싶지 않았다. 내 기타는 잠들지 않을 것이므로. 하지만 집안에 어른이 오랫동안 자리를 꿰차고 앉아 있는 건 그리 좋지 않다고 생각해 '라스트 콘서트'란 타이틀을 걸었다. 노인네는 때가 되면 물러나는 게 도리니까.

'마지막'이라는 타이틀을 걸었지만 사실상 생애 첫 전국 투어이기도 한 콘서트를 열게 된 건 다행스런 일이다. 왜 내 기타가 잠들지 않는지를 사람들에게 직접 보여줄 수 있는 기회를 갖게 된 것이니까.

때마침 신문에 연재한 글이 이렇게 책으로 출간되는 건 인생 최고의 사건이라 손꼽을 만큼 기쁜 일이다. 내 마음에 담아둔 생각과 사상, 기억을 내 스타일에 꼭 맞게 담아냈기 때문이다. 지면 관계상 신문에 미처 싣지 못한 이야기도 덧붙였다. 책이 나올 수 있도록 힘써 준 이경희 기자와 지면을 할애해준 〈중앙일보〉, 도서출판 해토의 고찬규 대표 등 도와주신 모든 분들께 감사드린다. 일일이 열거할 수는 없지만 내 음악의 동반자가 되어준 수많은 선후배 동료들에게도 고마움을 전한다. 40년을 함께하며 자유와 안식을 선사한 식구들과도 기쁨을 나누고 싶다.

2006년 6월 양지에서 신중현

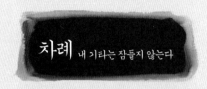

차례 내 기타는 잠들지 않는다

추천사 4
머리말 7

1장_ 전쟁 통에서 음악인을 꿈꾼 소년

1. 만주에서 서울로 · 17

2. 아버지와 축음기 · 21

3. 어머니와 첫 기타 · 25

4. 소년 가장이 되다 · 29

5. 한국전쟁 발발 · 33

6. 전쟁 통에 부모님을 여의다 · 36

7. 음악, 고단한 삶의 탈출구 · 41

8. 기타에 빠지다 · 48

9. 오디션을 보다 · 53

2장_미8군 무대를 점령하다

1. 공장에서 벗어나 음악인으로 · 60
2. 미8군 오디션 · 64
3. 미8군 무대에 서다 · 69
4. 첫 기타 독주 · 73
5. 잘나가는 기타리스트 · 77
6. 이교숙 선생님 · 82

3장_한국적 록을 꽃피우다

1. 애드휘 결성 · 90
2. 덩키스와 이정화 · 95
3. 펄 시스터즈 · 99
4. 〈님아〉, 신중현을 알리다 · 103
5. 김추자와 〈님은 먼 곳에〉 · 106
6. 신중현 사단, 미8군 무대를 공략하다 · 111
7. 김정미와 사이키델릭 · 115
8. 사이키델릭과 마약 · 122

4장_ 사람들 틈에 울고 웃고

1. 가수들과의 악연 · 130
2. 김추자의 매니저 · 135
3. 첫 이성 교제 · 139
4. 동거녀 · 143
5. 잇단 불운 · 147
6. 빵점짜리 남편 · 151
7. 세 아들 · 155
8. '자유' 가족 · 158

5장_ 환희, 그리고 좌절

1. '찬가'와 〈미인〉 · 164
2. 대마초 사건 · 168
3. 정신병원에서 감방으로 · 172
4. 출소 · 179
5. 활동 금지 여파 · 183
6. 음악계 복귀 · 187
7. '뮤직파워' 해체 · 190

6장_내 기타는 잠들지 않는다

1. 세 나그네 • 196

2. 클럽 '라이브' • 201

3. 우드스탁 • 204

4. 대학 교수 • 210

5. 김삿갓과 컴퓨터의 만남 • 214

6. 영화음악 작업 • 220

7. 영화배우 '외도'와 김완선 • 223

8. 속세를 떠나 • 227

부록 신중현의 음악 세계   232

1장

전쟁 통에서
음악인을 꿈꾼 소년

일을 끝낸 한밤중 뒷동산에 올라가 어머니의 유품인 하모니카를 부는 게 유일한 낙이었다. 그 시간이면 피곤함이 싹 가셨다. 종일 이어지는 고된 노동도 음악을 하는 그 시간을 위해 존재하는 듯했다. 음악을 할 때가 가장 좋고 편하고 아름다웠다.

추위가 채 가시지 않은 이른 봄이었다. 자정을 넘어 새벽으로 향하는 시각. 옷깃을 단단히 여미고 기타를 집어 들었다. 행여 누가 볼세라, 소리 죽여 방문을 열었다. 쥐 죽은 듯이 고요한 한밤중, 내 심장 뛰는 소리가 누구 귀에 들릴까 겁났다. 마당에는 어둠이 짙게 내려앉아 있었다. 허리를 숙이고 살금살금 담장 쪽으로 몸을 옮겼다. 담장 옆에 빽빽이 서 있는 사철나무들. 그 사이에 사람 하나 겨우 빠져 나갈 만한 개구멍이 있었다. 기타를 구멍 밖으로 먼저 조심스레 밀어냈다. 포복 자세로 기어서 구멍을 빠져나갔다. 그러고는 냅다 뛰었다. 5년간의 기나긴 노동의 굴레에서 벗어난 것이다. 한줄기 희망이던 기타 하나 달랑 들고……. 한동안 공장에 다시 잡혀 들어가 일하는 악몽에 시달렸다.

그렇게 내 인생 첫 번째 도약이 시작됐다. 개구멍은 미래가 막막한 노동자에서 음악인으로 들어서는 문이었다. 먹고 자는 걸 해결하기 위해 5년간 몸을 맡긴 상도동의 친척 집에서 야반도주한 것이다. 학교 공부도 그 길로 종지부를 찍었다. 서라벌고등학교 야간부 2학년 중퇴 신분이 된 것이다.

1 만주에서 서울로

　돌이켜보면 유년 시절에는 먹고살 만했다. 나는 1938년 서울 명동에서 태어났다. 그러나 유년기의 기억은 만주에서 시작된다. 내가 너덧 살일 때, 일제 치하에서 벗어나 자유롭게 사업하기 위해 온 집안이 만주로 이사를 했기 때문이다.

　아버지는 이발사, 어머니는 미용사였다. 그 시절에는 미용사나 이발사 면허를 따기가 무척 힘들었다고 한다. 서양에서는 이발사가 의사 노릇을 하던 시절도 있지 않은가. 당시에는 이발사가 선망의 직업이었던 모양이다. 부모님은 4층짜리 큰 건물을 소유할 정도로 경제적으로 성공한 분들이었다. 건물 1층은 이발관 겸 미장원으로 썼다. 이발관에는 의자만 스무 개 남짓, 미장원 의자도 열너덧 개나 됐다. 요즘으로 치면 기업형 미용실이랄까. 나는 그 시절에 유치원을 다니며 부잣집 아들의 풍족함을 실컷 누렸다. 보통 사람들은 구경하기도 힘든 '미루꾸(밀크캐러멜)'를 입에 달고 살 정도였다. 동네 꼬마들은 사탕이라도 하나 얻을 요량으로 내 뒤를 졸졸 따라다녔다. 나는 성격도 활발했으며 공을 잘 차고 달리기도 잘하는 아이였다. 그러나 제일 좋아했던 놀잇감은 커다란 축음기였다. 태엽이 네 개 달려 있던 놈이었다.

여덟 살이던 1945년, 조국의 광복 소식이 들렸다. 나라를 되찾았다며 만주의 조선인들도 만세를 불렀다. 그러나 그 시기를 전후해 경제적으로 풍족한 시절은 끝났다. 중국인과 소련인이 앞 다퉈 우리 집을 털었다. 따발총을 앞세우고 집안까지 들어와 장롱을 뒤지는 소련군이 나날이 늘었다. 아버지는 결단을 내렸다. 서울로 돌아가기로⋯⋯. 금붙이만 챙겨 온 가족이 열차에 올라탔다.

귀경 길은 지옥 같았다. 열차 안은 발 디딜 틈 없이 붐볐다. 객차에 타지 못한 사람들은 열차 지붕에 올라탔다. 기차역에 서너 시간씩 정차할 때마다 몽둥이를 휘두르며 약탈하는 무리들이 몰려들었다. 팔뚝에 손목시계 십수 개를 줄줄이 찬 소련군도 검문을 구실로 총구를 들이대며 재산을 빼앗았다. 어른들은 울거나 애원할 뿐, 저항하지는 못했다. 열차는 가끔 허허벌판에서도 멈춰 섰다. 도적떼들이 선로에 바윗돌을 괴어 놓고 열차를 억지로 세웠기 때문이다.

　　__ 해방 전후에 유행했던 축음기다.
손잡이로 태엽을 감고 바늘을 판 위에 올리면 바늘 위쪽
에 있는 소리통이 울린다. 당시 유성기가 있는 집에는 축
음기 소리를 듣고자 많은 사람들이 몰려와 인기를 독차지
했다.

터널을 지날 때마다 열차 지붕에 있던 사람들이 후두둑 떨어져 내렸다. 아비규환이 따로 없었다. 서울로 돌아오는 데 꼬박 열흘이 걸렸다. 우리 식구는 빈털터리가 됐다.

가까스로 찾아간 서울은 딴 세상처럼 평화로웠다. 우리는 친척 집이 있던 상도동에 정착했다. 아버지는 상도동에서 노량진으로 넘어가는 고개에 작은 이발관을 차렸다. 나는 강남 국민학교에 입학했다. 그럭저럭 재산이 모이자 아버지는 축음기를 다시 장만했다. 무슨 말인지 통 알 수 없는 꼬부랑말로 된 노래가 흘러나왔다. 신기했다. 미국 재즈였다.

② 아버지와 축음기

미군정 시절 노점상들은 미군부대에서 흘러나온 유성기 레코드 판을 팔았다. 유성기에서 흘러나온 노래들은 대개 1940년대 미국 정통 재즈였다. 만주에 살 때 갖고 있던 것만큼 좋은 축음기는 아니었지만 아버지는 중고 축음기를 장만했다. 그 시절, 여유 있는 집은 축음기를 장만하는 게 유행이었다. 그러나 국민학교 시절 나는 음악을 그렇게 즐기지는 않았다. '가갸거겨' 배우느라 정신없고, 운동장에서 뛰어노느라 바빴다. 눈 오는 날이면 언덕길에서 대나무판 두쪽을 발에 묶어 스키를 탔다.

음악가가 될 거란 생각은 꿈에서도 한 적이 없었다. 아들을 남자답게 키우려 한 아버지의 영향이 컸다. 아버지는 한량(閑良)이셨다. 약주를 즐기고 파이프 담배는 입에 달고 사셨다. 파이프를 '끼

걱끼걱' 긁은 뒤 재떨이에 '땅땅' 두드리는 모습에서 삶의 여유가 느껴졌다. 아버지는 강감찬 장군 등 기개 넘치는 위인 이야기를 들려주시며 "큰 사람이 되라"고 자주 말씀하셨다. 아버지는 글씨도 잘 쓰셨다. 유교적인 학식도 높았다. 일찍부터 객지를 떠돌며 사업을 하신 분이 언제 그런 공부를 하셨을까…… . 돌이켜보면 천재성을 지닌 분 같았다. 그러나 너무 일찍 돌아가시는 바람에 어떻게 공부하셨는지는 미처 여쭙지 못했다.

아버지는 일요일이나 비가 와서 이발관 문을 닫는 날에는 그물을 짰다. 끄트머리에 추가 달려 있는 쳉이그물(투망)이었다. 나는 아버지를 졸졸 따라다녔다. 자동차도 없던 시절이라 버스를 타고 어딘가로 간 뒤 내려서도 한참 걸어가야 낚시터가 나왔다. 다리는 아파 죽겠는데 내색할 수는 없었다. 그렇지만 짜증과 고통이 섞여 표정은 저절로 일그러졌다. 아버지는 그런 나를 모른 체하며 성큼성큼 앞만 보고 걸었다.

아버지는 그물을 물 위로 던졌다. 그물 끝이 둥그렇게 확 퍼지며 사뿐히 가라앉았다. 그러고는 그물에 걸린 물고기들이 빠져나가지 못하게 익숙한 솜씨로 그물을 걷었다. 햇빛을 받아 하얗게 빛나는 물고기가 그물 안에서 펄떡펄떡 뛰었다. 주워 담는 건 내 몫이었다. 고기잡이를 하면서 배운 건 인내심과 삶의 여유였다.

하루는 아버지를 따라 산에 갔다. 아버지는 나뭇가지를 주워 활

__ 기타 연주에 몰두하고 있는 필자. 거친 록 음악을 하게 된 것은 아버지의 영향 덕분이다.

을 만들고 수수밭의 수수깡으로 화살을 만들었다. 활시위를 팽팽하게 당긴 다음 시위를 놓자 화살은 곧장 하늘로 올라가 자취를 감출 정도로 멀리 날아갔다. 입이 딱 벌어졌다. 어린 내게 아버지는 세상에서 가장 멋있는 사람이었다.

그 시절 내게는 이렇다 할 장래 희망이 없었다. 그저 '대범한 사람이 되겠다'는 소박한 꿈만 품었다. 아버지가 살아계셨다면 아마 음악은 못 했을 거다. 아버지는 남자가 여성적인 직업을 가지면 안 된다고 생각하는 분이었다. 음악은 아무래도 여성적인 면이 있지 않은가. 내가 클래식이나 소프트 뮤직을 하지 않고 록을 하는 것도 아버지의 영향 때문인 것 같다. 내 음악은 연주와 선율 모두 강렬하다. 늘 남성적이고 거친 음악을 추구해왔다. 나는 음악을 위한 음악을 하는 게 아니다. 나는 인간성, 인간에 대한 힘 같은 철학적인 이야기를 음악으로 하고 싶은 것이다. 어쩌다 음악인의 길로 들어서긴 했지만, 저세상에 계신 아버지의 가르침을 완전히 저버리고 싶지는 않았기 때문이다. 그것으로나마 나중에 저승에서 만나 뵐 때 야단을 덜 맞지 않을까 지레짐작을 해본다.

아버지는 작은 일에 집착하지 말고 모든 걸 헤쳐 나가는 용기를 가져야 한다고 수시로 가르치셨다. 그러한 아버님의 가르침 덕분에 좌절하지 않고 여태까지 인생을 살아올 수 있었다.

3 어머니와 첫 기타

아버지(신익균)는 음치였다. 그러나 어머니(이순자)는 음악적 감각이 있는 분이었다. 그 옛날, 귀하디귀한 톰보 하모니카를 불 수 있을 정도였으니까. 어머니의 하모니카 소리에 맞춰 동요를 부를 때면 그렇게 즐거울 수 없었다. 소리를 듣는 능력(청음력)이 발달한 건 어머니의 하모니카 연주 덕분이었다.

아버지에게 남자다움과 살아가는 자세를 배웠다면 어머니에게선 음감과 예술적 감각을 물려받았다. 어머니는 음악을 좋아하셨고 그림도 잘 그리셨다.

어릴 적에는 주변이 온통 음악이었다. 우리 민족은 가난했지만 여흥이 있었던 것 같다. 나는 멋들어지게 품바타령과 장타령을 하는 각설이를 쫓아다니곤 했다. 당시 각설이들은 자부심이 대단했다. 공연 한 자락 보여주고 당당하게 대가를 받았다. 걸인이 아니라 직업 예술인이었던 셈이다. 그 자체가 하나의 멋있는 문화였다.

농부들의 타령도 운치가 있었다. 농부는 단순히 먹고살기 위해 일하는 노동자가 아니라 풍류를 아는 사람들이었다. 농부의 타령은 풍년을 바라는 인간의 소망을 담은 토속 예술이었다. 그걸 듣노라면 가을 논에서 황금이 쏟아지는 풍경이 머릿속에 그려졌다. 쌀 수입 때문에 농민들이 길거리로 나서는 요즘과는 비교할 수 없는 운치 있는 시대였다.

어려서부터 몸에 밴 그 장단과 가락이 내 음악에 결정적인 영향을 미쳤음을 고백한다. 요즘은 물질적으론 풍요로워졌지만 그 시절의 멋과 풍류, 여유가 사라진 것 같아 안타깝다.

나는 들리는 노래란 노래는 다 따라했다. 그러나 그것만으로는 성에 안 찼다. 어머니가 보여주신 바이올린과 기타 사진이 눈에 삼삼했다.

"이건 나무를 깎은 뒤 줄을 매달아 만든 악기야. 통 속에서
무척 아름다운 울림이 난단다."

나무통에 줄을 매달면 과연 소리가 날까 궁금했다. 악기라곤 구경할 수도 없던 시절이었다. 직접 만들어보기로 했다. 미군 부대에

___ 필자의 첫 기타는 직접 만든 장난감 악기였다. 아끼는 기타를 들고 있는 필자.

서 흘러나온 나무 상자를 주웠다. 군 통신용 전화선도 구했다. 전화선 안에는 철사가 일곱 가닥씩 들어 있었다. 세 개는 가는 선이고, 네 개는 강철이었다. 강철만 골라내 모두 일곱 줄을 모았다. 나무통 양쪽 끝에 못을 박아 철사를 동여맨 다음 나무를 깎아 위치를 조금씩 달리해 받침대를 세웠다. '도레미파솔라시' 일곱 음계가 나올 수 있도록 한 것이다. 가야금과 비슷한 형태로 만들었던 것이다. 음을 조율하는 데 며칠이나 걸렸다. 그래도 지루하지 않았다. 대나무를 얇게 쪼개 만든 피크로 줄을 퉁기면 고운 소리가 났다. 내 첫 기타는 그렇게 태어났다.

학교에 가지고 가서 동요를 연주하면 아이들이 신기해하며 몰려들었다. 그럴 만도 했다. 학교에 악기라곤 낡고 고장 난 풍금 한 대밖에 없었으니까. 지금 생각하면 철사를 몇 개 더 걸어 더 멋있게 할 걸, 왜 일곱 줄만 걸었는지 아쉽다. 더 높은 음을 내게 하려면 철사를 못에 걸고 팽팽하게 묶어야 하는데, 아마 어린 손힘으로는 줄을 매는 데 한계가 있었던 모양이다.

4 소년 가장이 되다

서울 생활이 안정되려는데 또 짐을 싸야 했다. 아버지가 어디선가 전쟁이 날 거라는 정보를 입수한 것이다.

"전쟁이 난답니다. 함께 고향으로 내려갑시다."

아버지는 친척들을 설득했다. 그러나 아무도 그 말을 믿지 않았다. 전쟁이 터지기 1년 전인 1949년, 국민학교 3학년 때 우리 가족은 고모가 살고 있던 충북 진천 백곡면 산골짝으로 들어갔다. 나중에 아버지가 친척들에게 "그러게 내가 전쟁이 난다고 했잖소"라며 큰소리친 기억이 난다. 그러나 시골이라고 해서 전쟁의 어려움을 피해갈 순 없었다. 게다가 예기치 못한 난관이 기다리고 있었다.

아버지는 고모를 시켜 충북 진천에 땅을 사서 집을 짓고 광에

쌀가마를 가득 쌓아뒀다. 진천에 정착하자 고모부는 매일 쌀을 두어 가마씩 지게에 얹어 얻어갔다. 그래도 부모님은 아무 말씀도 하지 않으셨다. 두 분 모두 바보가 아닌가 싶을 정도로 착한 분들이셨다. 어린 마음에도 속이 탔다.

'저러다가 우리 쌀을 다 가져 가는 건 아닌가…….'

광이 비자 고모는 왕래를 끊었다. 알고 보니 우리 집과 논밭도 고모 명의로 돼 있었다. 믿고 있던 여동생에게 발등을 찍힌 것이다. 자존심이 강한 부모님은 그에 대해 언급하지 않았다. 그러나 그 일로 속이 탄 탓인지 두 분은 동시에 몸져누웠다.

그땐 두 분이 폐병에 걸린 것이라고 생각했다. 머리카락을 자르는 일을 하다 보니 머리카락 먼지를 많이 먹어 쇠약해진 것이라고 짐작한 것이다.

졸지에 나는 여섯 살 어린 남동생(수현)과 갓난아기 여동생(현자)까지 돌봐야 하는 소년 가장이 됐다.

수입이 없는 데다 약을 구할 방법조차 없었다. 간호라고 해봐야 땔감 나무를 구해와 이부자리를 따뜻하게 하고, 수건을 적셔 머리에 얹어드리고, 물을 떠드리는 게 전부였다.

배고픔도 처음 알게 됐다. 집 앞 방앗간에서 밀을 빻고 남은 겨를 얻어왔다. 밀 찌꺼기로는 밥을 할 수도 없었다. 솥에다 물을 끓이고 밀겨를 시루에 올린 뒤 떡을 찌듯 쪄냈다. 깔깔한 겨가 뱃속으로

___ 한국전쟁으로 폐허가 된 서울. 전쟁이 터지기 1년 전
우리 가족은 충북 진천으로 이사했지만 전쟁의 고통을 피할 수는 없었다.

들어가면 변을 볼 때 찢어질 듯 아팠다. 그야말로 찢어질 듯 가난했
다. 봄이면 쑥을 뜯어 겨와 같이 빻아 쑥떡이랍시고 쪄 먹었다. 김장
때면 배추밭에 흩어져 있는 시래기를 주워 죽을 쑤었다. 꿀맛이었
다. 쌀밥 구경은 하늘의 별 따기. 보리죽도 구하기 힘들었다. 엉겁결
에 가장이 됐지만 어린 나는 식구들을 부양할 능력이 없었다. 답답
할 뿐이었다.

　게다가 어머니가 못 잡수셔서인지 젖이 나오지 않았다. 갓난아

기였던 현자에겐 귀하디귀한 쌀을 아껴 미음을 쑤어 먹였다. 밥을 먹이면 살 줄 알았다. 그러나 결국 힘없이 눈을 감았다. 지금도 가슴이 아프다. 하다못해 단백질이 풍부한 콩이라도 섞어 먹였으면 살지 않았을까……. 별다른 영양가도 없는 미음만 떠먹인 게 후회된다. 그땐 몰라도 너무 몰랐다. 어머니도 별다른 육아 지식이 없었던 것 같다. 잘살던 시절에 태어난 나나 수현이야 어머니 젖만 먹고도 충분히 잘 자랐으니 말이다.

　가슴에 맺힌 일은 또 있다. 가만히 돌이켜보면 아버지가 뭘 잡수시는 걸 본 기억이 없다. 자식들 먹이려고 당신은 곡기를 끊으신 거였다. 철없던 우리들은 그저 가끔 구해온 먹을거리로 배를 채우기 바빠 아버지가 뭘 좀 잡숫는지 살필 겨를도 없었다. 아버지는 그저 자식들이 밥그릇에 코를 파묻으며 허겁지겁 퍼먹는 모습만 보면서 흐뭇해하신 것 같다.

시흥면

5 한국전쟁 발발

그러던 1950년 여름, 한국전쟁이 터졌다. 우리가 살던 백곡면은 진천 옆 산 너머에 있었다. 진천은 남쪽에 산을 병풍처럼 두르고 있었다. 북에서 밀고 내려오는 인민군을 막아내기 좋은 지형이었다. 전투는 일주일이나 계속됐다. 산에 올라가 진천군을 내려다보며 매일 전쟁 구경을 했다.

"다다다다……"

밤이면 아군의 기관총에서 내뿜는 불빛이 불꽃놀이를 하는 것처럼 멋졌다. 인민군은 '따쿵 총'을 쐈다. 한 발 쏘고 다시 한 발을 장전해 발사하면 총소리가 "따쿵" 하고 나서 붙인 이름이었다. 미군의 폭격 기술도 대단했다. 비행기 양쪽 날개에 럭비공처럼 생긴 게 달려 있던 '호주기'*는 수직으로 꽂히듯 하강해 폭탄을 쏟아 붓고

___ 북한 지역에 폭탄을
떨어뜨리고 있는 미국 전투기.

다시 하늘로 올라가는 엄청난 폭격 기술을 구사했다. 밤낮없이 쏟아지는 미군의 폭격을 피하느라 인민군들은 낮에는 밤나무 아래 같은 데 숨어 있다가 밤에 행군했다. 무기는 우리가 훨씬 우수한 것 같은데 왜 힘없이 밀리는지 그땐 이해하기 힘들었다.

결국 진천군도 함락됐다. 국군이 물러난 뒤 공산당은 우리 동네까지 들어와 세뇌 공작을 시작했다. 동네 청소년을 전부 밤나무 그늘 아래로 끌어 모았다. 어린 나는 교육 대상이 아니었지만 벌거벗은 채 밤나무 위에 기어올라 형들이 교육받는 걸 구경했다.

공산당 간부들은 일장 연설로 사상 교육을 했다. 그에 앞서 인민군이 부르는 노래를 먼저 가르쳤다. 밤나무 위에서 〈김일성가〉를 배우는 모습을 보며 속으로 '노래 참 잘 지었다'는 생각을 했다. 가락과 가사가 재미있고 힘이 있는 데다 부르는 이의 가슴속에 뭔가를 불러일으키는 힘이 있었다. 처음에는 거부감을 보이던 마을 형들도 공산당 간부들에게 노래 몇 곡 배우고 얘기도 여러 번 듣더니 청소년 의용군으로 자진 입대했다. 공산당원들은 양민을 해치지 않고 잘 대해 줬다. 전쟁을 하는 동안에도 군인이 있는지 없는지 모를 정도로 조용히 움직였다. 인민군들은 강가에서 목욕도 하고 나무 밑에서 쉬기도 했다. 그러나 민간인을 해친다거나 위협하는 일은 없었다. 사람들은 그들의 시스템에 저절로 말려들었다. 그들은 그만큼 전쟁을 철저히 준비했던 것이다.

● '호주기'의 유래 이승만 대통령의 영부인 프란체스카 여사는 오스트리아 출신이다. 국제 정세에 어두웠던 국민들은 오스트리아와 오스트레일리아를 혼동해 영부인에게 '호주댁'이란 별명을 붙였다. 제트 전투기를 '영부인의 고국에서 사위 나라를 돕기 위해 보내온 전투기'라 생각해 '호주기'라 부른 것이다. 그러나 영부인의 나라인 오스트리아에서는 전투기를 보낸 적이 없다. 오스트레일리아가 제트 전투기(미티어)를 파견하고 참전도 했다. 민간인들은 제트기를 '쌕쌕이'라고도 불렀다. "쐐-액"하고 날아가는 소리 때문이었다.

시흥편

6 전쟁 통에 부모님을 여의다

인천상륙작전이 성공했다. 인민군 패잔병들이 아군의 눈을 피해 산길을 걸어 북으로 올라갔다. 머리가 깨지고 다리를 저는, 말 그대로 패잔병이었다.

마을은 한동안 조용했다. 그러다 머리에 짐을 이고 등에 아이를 업은 피난 행렬이 잔뜩 북쪽에서 밀려왔다. 1951년 1·4후퇴였다. 맨 처음 전쟁이 났을 때는 사람들이 뒤늦게 피난길에 뛰어들었다. 그러나 1·4후퇴 때는 중공군이 밀고 내려온다는 소문에 겁을 집어먹고 부리나케 남쪽으로 향한 피난민이 엄청나게 많았다.

피난민들은 "쉬었다 간다"며 무작정 마당에다 짐을 내려놓고 아무거나 뒤져 먹었다. '먼저 먹는 놈이 임자'라는 식이었다. 가뜩이나 없는 살림이 남아나질 않았다. 땅에 묻어둔 김칫독이 변소인 줄 알고 누군가 대변을 보기도 했다. 아무리 없는 살림이라도 김치는 몇 포기 담갔는데 그마저 못 먹게 된 것이다. 피난민들은 도끼를 지고 산으로 올라가 나무를 통째 베어냈다. 생나무라도 때며 추위를 피하려는 것이었다. 산은 차츰 벌거숭이로 변했다. 무법천지였다.

그 와중에 우리는 살던 집을 고모에게 내줘야 했다. 건너 동네 초입의 빈집으로 이사했다. 누가 살다 버린 집이었다. 그놈의 집은 아무리 나무를 해다 불을 때도 따뜻해지지 않았다. 설날을 닷새 앞둔 음력 12월 25일 아침, 아버지가 돌아가셨다. 어머니도 편찮으신 터라 장례 치를 일이 막막했다. 다른 방법이 없었다. 논두렁을 지나 고모에게 뛰어갔다. 저 멀리서 그 집 식구들이 보였다. 그런데 막상 도착해보니 문이 잠겨 있었다. 급한 마음에 문을 마구 두드려댔다. 고모가 문을 열고 삐죽 내다봤다.

"아버지가 돌아가셨습니다. 도와주십시오."

고모는 문을 닫고 그냥 들어가 버렸다. 잠시 멍하니 서 있었다. 다시 내달렸다. 동네 사랑채에 노인 대여섯이 앉아 있었다. 꾸벅 절하고 사정을 얘기했다.

"아버지가 돌아가셨는데 제가 힘이 없어서 장례를 못 치르고 있습니다."

노인들은 서로 눈치를 보며 얼굴을 쳐다봤다. 그중 건장한 세

___ 남쪽으로 향하는 피난민들로 북새통을 이룬 서울역.

명이 마지못해 곡괭이를 하나씩 챙겨 나섰다.

"네 집이 어디냐. 앞장서라."

노인들은 아버지 시신을 가마니로 둘둘 싸서 말더니 새끼로 묶었다. 시신을 둘러메고 뒷산으로 향했다. 추운 겨울이라 땅이 꽁꽁얼어 있었다. 노인들은 온 힘을 다해 겨우 흙을 파낸 뒤 시신을 눕혔다. 눈물을 흘릴 여유도 없었다. 어린 내 머릿속에 친척이란 '남보다 못한 사람' 이라는 생각이 단단히 자리 잡았다.

그 집에 계속 있다가는 어머니마저 돌아가실 것 같았다. 평산 신씨의 본거지인 진천 이월면의 한 어른께 부탁해 문간방을 얻었다.

그러나 몇 달 뒤인 한여름, 어머니마저 세상을 등졌다. 시체 썩는 냄새가 진동하는 마을 공동묘지에 어머니를 묻었다. 내 어린 시절도 함께 땅에 묻었다. 땀인지 눈물인지 모를 찝찔한 게 입술을 적셨다.

나중에 가 보니 공동묘지가 없어졌다. 아버지 산소는 처음 묻은 자리 그대로 남아 있을 것이다. 동생은 자꾸 아버지 산소를 옮기자고 했다. 나는 그냥 놔두랬다. 편안하게 누워 계신데 왜 또 파헤쳐서 뼈를 추리냐며……. 물론 보통 사람들이 보기에 난 천하의 불효자일 것이다. 그러나 부모님 모두 땅에서 태어나 땅으로 편히 가셨으리라 믿는다.

나는 이 세상이 인간의 땅이고, 어디에 묻든 다 똑같다고 생각한다. 어느 자리에 누우나 죽은 뒤 땅으로 돌아가는 건 다 마찬가지라는 것이다. 내가 처음에 묻었고, 그분이 거기 누워 계시면 그만 아닌가.

내 경험에 따르면 사람이 죽으면 그 영혼이 3년간 우주를 떠도는 것 같다. 아버지가 돌아가신 뒤 한 2년간 정신이 없어서 제사도 못 지냈다. 그러던 어느 날 아버지가 꿈에 나타나셨다. 몸을 떠시는 것이 무척 추워 보였다.

'아이고, 내가 제사도 안 지냈구나. 잘못했구나······.'

그때부터 밥 한 그릇, 물 한 사발 떠놓고 절을 하며 제사를 지냈다. 그 뒤부턴 꿈에 안 나타나셨다. 육신도 다 썩어 없어질 무렵이면 영혼도 조용해지는 것이라 생각한다. 그렇게 편히 잠든 분을 굳이 들쑤셔 깨울 필요가 없지 않겠는가. 물론 수십 년 동안 먹고사느라 힘들어서 신경 쓰지 못한 내 자신을 이렇게 합리화하는 것이기도 하지만······.

나는 죽으면 아무 데나 묻혀 없어졌으면 좋겠다. 정식으로 묘지를 쓰는 것도 싫다. 아무 데나 묻고 잊어버려 주면 좋겠다. 묘지라는 건 후손들이 조상에게 '내 할 일은 다 했다'는 걸 주장하기 위한 일종의 의식이라고 생각한다. 나는 인간의 의무보다는 인생, 인간 자체가 중요하다고 본다. 어차피 땅에서 나서 땅으로 돌아가는 것, 어느 땅인지는 가릴 필요가 없다고 생각하는 것이다. 성대한 묘를 남기는 게 무슨 소용인가. 한 평짜리 땅을 빌려 그 테두리 안에서만 갇혀 지내야 한다면 나는 답답해 못 견딜 것 같다. 그 한 평의 땅이 뭐가 그리 중요하냔 말이다.

7 음악, 고단한 삶의 탈출구

한국전쟁 중이던 1951년 겨울, 국민학교 5학년인 나는 그렇게 부모님을 모두 여의고 고아 신세가 됐다. 가진 것이라곤 아무것도 없었다. 먹지 못해 눈이 퀭한 동생 수현이를 고향인 충북 진천에 있는 친척 아저씨 집에 맡겼다. 혼자 남기 싫다고 울며 매달리는 녀석을 애써 떨쳐냈다. 한집에서 둘이나 빌붙을 염치가 없었다. 나는 서울에 있는 먼 친척 집으로 향했다.

서울의 친척은 한약을 빻아 환으로 만드는 공장을 운영하고 있었다. 친척 집은 공장과 가정집이 붙어 있는 으리으리한 3층짜리 일본식 집이었다. 무턱대고 집 안으로 들어서 친척 어른을 만나 뵙곤 꾸벅 허리를 숙였다.

"무슨 일이든 할 테니 거둬주십시오."

밥 한 그릇 얻어먹고 공장과 연결된 별채에 짐을 풀었다. 이튿 날부터 오전 6시에 일어났다. 마당 쓰는 것으로 일과를 시작해 자정 무렵까지 눈코 뜰 새 없이 일했다. 약 빻는 기계는 요란한 소리를 내며 돌아갔다. 재료를 집어넣는 입구는 높은 곳에 있었다. 열두 살 소년의 손은 당연히 닿지 않았다. 탁자를 놓고 올라가 기계에 재료를 집어넣는 일이 내 몫이었다. 재료를 넣으면서도 꾸벅꾸벅 졸기 일쑤였다. 그 정도로 피곤했다. 당연히 몸에서 약 냄새가 떠날 날이 없었다. 같은 또래의 그 집 아이들은 공장 근처에는 얼씬도 하지 않았다. 그러나 재워주고 먹여주는 것만으로도 감지덕지였다. 그 시절에는 먹고 자는 걸 해결하는 게 가장 큰 과제였으니 말이다.

어린 생각에도 일만 해서는 안 될 것 같았다. 친척 어른께 사정해 흑석동에 있던 동양중학교 야간부에 겨우 들어갔다. 국민학교 6학년은 건너뛰었다. 일과 공부를 병행하려면 그럴 수밖에 없었다. 야간 중학교에 다녔지만 집에 돌아와 가방을 풀고 나면 곧장 공장으로 향해야 했다. 공부가 제대로 될 리 없었다. 선생님이 칠판에 쓰는 글씨를 지켜보고 있노라면 어느 순간 저절로 고개가 푹 숙여졌다. 어김없이 분필이 날아들었다. 놀라 깨고 다시 졸기를 반복했다.

그래도 방아 찧는 기계 소리를 들으며 한 손으론 약재를 집어넣고, 한 손에는 영어 카드를 들고 단어를 외우곤 했다. 그거라도 외운 덕에 나중에 미 8군 무대에서 영어로 된 악보를 읽고, 손짓 발짓 섞어가며 미군들과 대화할 수 있었다.

일을 끝낸 한밤중 뒷동산에 올라가 어머니(이순자)의 유품인 하모니카를 부는 게 유일한 낙이었다. 그 시간이면 피곤함이 싹 가셨다. 종일 이어지는 고된 노동도 음악을 하는 그 시간을 위해 존재하는 듯했다. 음악을 할 때가 가장 좋고 편하고 아름다웠다. 사실 무언가 다른 일을 하기에는 너무 시간이 없었다. 하모니카를 불 때면 유년기의 아름다운 기억, 돌아가신 어머니에 대한 추억이 새록새록 떠올랐다. 그 순간만은 어머니와 함께 있는 듯한 느낌이 들었다.

탈출구로 삼은 음악이 점점 좋아졌다. 마침내 일을 저질렀다. 일을 해서 모은 돈을 몽땅 털어 바이올린을 산 것이다. 당시 내가 봐둔 악기점에 걸린 물건이라곤 그것밖에 없었다. 끙끙대며 혼자 바이올린을 익혔다. 그러나 소리를 내는 것 자체가 너무 힘들었다. 결국 포기하고 벽장에 처박아뒀다.

1년쯤 지났을까, 먼지가 뽀얗게 앉은 그놈을 꺼내 악기점에 가져갔다. 기타로 바꿔달라고 했다. 기타는 그래도 손으로 치면 치는 대로 소리가 나 훨씬 수월해 보였다. 미제 하모니 기타였다. 악기점 주인은 두말없이 얼른 바꿔줬다. 살 때는 몰랐는데 바이올린이 꽤 값나가는 물건이었던 게다. 악기점에서 권한 기타 코드집도 함께 샀다. 기타마저 독학으로 배우다 실패할까 봐 악기점에 주저앉아 줄을

__ 필자는 지금도 기타를 칠 때면 모든 고통을 잊는다.
1980년대 초 신중현과 뮤직파워 시절 연주에 몰입한 필자.

퉁기기 시작했다. 집으로 돌아가자마자 바로 일을 해야 할 처지라, 앉은 김에 배우고 가자는 심산도 있었다. 보다 못한 주인아저씨가 말했다.

"아니, 기타를 여기서 다 배우고 갈 거야?"

미안하다고 말하곤 얼른 기타를 들고 나섰다. 일이 끝난 밤에 몰래 기타를 치는데 눈치가 보였다. 밤이면 소리가 유난히 더 크게 들리기 때문이다. 하는 수 없이 밥 먹는 시간을 아껴 기타를 쳤다. 식사는 2~3분 안에 뚝딱 해치우고, 남는 시간 30~40분은 오로지 기타 연습에 쏟았다. 간혹 친척 어르신과 밥을 먹을 때가 가장 곤혹스러웠다. 감히 어른보다 먼저 수저를 놓을 수 없었기 때문이다. 기타를 치고 싶어 몸이 근질거렸다. 상을 물릴 때까지 기다리는 시간이 아까워 죽을 것만 같았다.

기타를 치는 시간이면 노동의 고통도 다 잊었다. 그 정도로 음악이 좋았다. 잠은 길어야 너덧 시간을 자면서도 기타 치는 시간은 하나도 아깝지 않았다.

'내가 음악을 하기 위해 노동을 하는구나…….'

야간 중학교를 졸업하고 서라벌 고등학교 야간부에 진학했다. 당시 서울에는 서라벌예술대학이 있었다. 이름이 같은 학교라 예술 고등학교인 줄 알고 원서를 넣었다. 야간 학교에 들어갈 때는 시험을 볼 필요가 없었다. 돈만 내면 누구든 입학할 수 있었다. 제약회사에서 받은 용돈을 쪼개 학비를 댔다. 그런데 막상 들어가 보니 인문계 고교였다. 허무했다.

학생 대부분이 나처럼 낮에는 직장에서 일하고 밤에 등교하는 처지였다. 어차피 학업에 큰 뜻이 없는 이들이 모인 터라 교실은 늘 어수선했다. 공부가 손에 잡힐 리 없었다. 가장 기억나는 건 그림 그리는 데 소질이 있었던 옆 자리 친구다. 그는 어린 화가였다. 노트에 필기는 하지 않고 내 옆얼굴을 그리는 게 일이었다. 그러다 쉬는 시간에는 탭댄스를 가르쳐준다며 수시로 나를 옥상으로 끌고 올라갔다. 그 스텝을 어설프게 따라 췄다.

"따그닥 따그닥……."

요란한 발자국 소리를 듣고는 교무주임 선생님이 올라왔다. 비 오는 날 엉덩이에 먼지가 날릴 정도로 얻어맞았다. 이미 공부에는 뜻이 없었다. 자연히 학교에서의 수난도 계속됐다.

같은 또래의 사촌들은 그 시절 편안하게 학교생활에만 전념했다. 나만 죽도록 일했지만 서러워하거나 슬퍼할 처지가 아니었다. 밥을 먹는 것만 해도 감지덕지였으니 말이다. 공장에는 내 나이쯤 되는 직원들이 많았다. 그들은 그나마 출퇴근을 했지만 난 공장에 붙은 별채에 기거하다 보니 밤낮없이 시키는 대로 일을 해야 했다. 어쩌면 오히려 다행이었는지도 모른다. 공장에 밤낮으로 매여 있다

보니 돈을 쓸 일이 없었다. 덕분에 월급을 아껴 야간 학교도 다니고, 기타도 살 수 있었던 것이다. 돌이켜보면 돈보다는 음악적 감각을 계발하는 일이 더 중요하다는 걸 본능적으로 알고 있었던 건 아닌가 하는 생각도 든다.

⑧ 기타에 빠지다

그땐 라디오조차 구하기 어려웠다. 손수 만든 '광석 라디오'를 사용하는 사람들이 많았다. 미군 부대에서 흘러나온 '바리콘'이라는 주파수 돌리는 부속품을 구해다 광석과 접촉시키고 안테나에 연결했다. 거기에 비행기 조종사나 탱크 부대원들이 사용하는 리시버(헤드폰)를 연결하면 소리가 증폭돼 들렸다. 방송 상태는 그다지 좋지 않았다. 우리나라 방송을 들을라치면 중국 방송이 뒤섞이는 식이었다. 제일 잘 잡히는 방송이 미군의 24시간 음악 방송인 AFKN이었다. 잡음이 많이 섞였지만 그래도 좋았다.

라디오를 방 안에 몰래 숨겨놨다가 밤에 혼자 들으며 잠들곤 했다. 미군 방송에선 재즈부터 기타 사운드까지 다양한 장르를 망라해 들을 수 있었다. 몇 시간 못 자는 잠을 아껴서라도 음악을 들었다. 그

때 음악을 듣는 귀가 틔었다.

라디오로 들은 음악을 연주하려면 기타 교본을 구해야 했다. 정신없이 바쁘게 일하던 때라 교본 살 짬을 내는 게 급선무였다. 그러던 어느 날 공장 지배인이 자전거를 한 대 가지고 왔다. 약 배달 나갈 사람을 구하던 지배인이 내게 물었다.

"자전거 탈 줄 아나?"

"예. 탈 줄 압니다."

사실 자전거는 한 번도 타본 적이 없었다. 어릴 때 어머니가 "자전거는 쓰러지는 쪽으로 핸들을 틀면 쓰러지지 않는다"고 말씀하신 기억이 퍼뜩 떠올라 무턱대고 용기를 냈다. 지배인은 자전거를 내밀더니 타보라고 했다. 무조건 올라탔다. 당연히 쓰러졌다.

"야, 야! 안 되겠다. 가져와."

자전거를 다시 일으켜 세웠다. 죽기 살기로 덤볐다. 그걸 못 타면 공장 안에서 꼼짝 못할 터였다. 어머니 말씀을 떠올리며 계속 밀고 나갔더니 자전거가 굴러가기 시작했다. 정신력으로 해낸 것이다.

"오랜만에 탔더니…… 좀 서툴러 보였죠?"

"그랬구먼. 내일부터 배달 나가라."

합격이었다. 자전거에 약품을 싣고 시내로 나가기 시작했다. 숨통이 트였다. 나는 종로 5가의 큰 도매상과 몇몇 대형 소매상에 약을 배달했다. 나중에는 수금도 담당했다. 일처리는 정확하게 했다.

___ 고교 시절에는 조악한 광석 라디오로 미군 방송을 들었다.
녹음실에서 전문가용 헤드폰을 쓴 필자.

신임을 얻자 일요일에는 쉬게 해줬다.

쉬는 날이면 기타 교본을 구하러 다니느라 무척 바빴다. 당시 미도파백화점 건너편 명동 입구에는 책이 산같이 쌓여 있었다. 미군 부대에서 나온 책들을 트럭으로 실어다 쌓아놓고 50원, 100원씩에 팔았다. 거기서 한 달에 두어 번 나오는 〈선 폴리오(Sun Folio)〉 등의 악보집을 샀다. 세계적인 유행곡 7~8개의 코드가 담겨 있었다. 정식 기타 코드는 아니고, 작은 기타처럼 생긴 '우클레레(ukulele, 기타 비슷한 하와이의 4현 악기)'용 코드였다.

죽어라 기타를 쳤다. 실력은 놀라운 속도로 늘었다. 젊음의 힘이었다. 그때 실력이란 게 지금 보면 우습기도 하다. 집중적으로 파는 힘은 있되, 넓은 시야가 없었으니까. 그러나 젊음의 힘은 굉장히 중요하다. 항상 그런 힘이 솟아나는 건 아니기 때문이다. 젊은이들에게 당부하고 싶다. 젊음의 힘을 엉뚱한 데 남용하지 말고 목표를 세워 집중하면 엄청난 결실을 맺는다고, 그 시절은 다시 오지 않는다고……

노년기에 무언가를 펼치기 위해서는 또 한 번 발휘할 수 있는 힘이 필요하다. 그게 제2의 인생이다. 사람은 한 번에 나락으로 떨어질 수도 있다. 모든 걸 순탄하게 마감할 수도 있겠지만, 내가 살아본 인생은 곡예 같은 것이었다. 언제 떨어질지 모르는 줄 위에서 움직이는 셈이다. 자신을 지킬 수 있는 힘을 가지려면 여러 모로 수양이 필요하다. 젊을 때야 목표만 정하면 그만이다. 그러나 늙은 뒤에는 엄청난 노력을 쏟아 부으며 인생을 관리해야 한다. 그게 되면 결국 '인생을 안다'고 얘기할 수 있는 경지에 도달할 수 있다.

9 오디션을 보다

기타 실력은 나날이 늘었다. 어린 마음에 누군가에게 인정받고 싶은 생각이 굴뚝같았다. 당시 우리나라에는 유명한 음악인들이 많았다. 그중 손꼽히는 이가 바이올리니스트 김광수 선생과 트롬보니스트 송민영 선생이다. 김광수 밴드는 탱고 등 라틴 음악을 위주로 하는 바이올린 악단이었다. 송민영 씨는 미국식 스탠더드 재즈를 연주하는 풀 멤버 스윙 밴드를 꾸리고 있었다. 그 두 분은 당시 신세계 백화점 5층에서 연주를 했다.

그분들에게 내 실력을 보여주고 싶었다. 그런데 그들을 만나기란 하늘의 별 따기와 같았다. 교복을 입고 있는 학생이니까 정문으로 들어가면 입구에서 저지할 게 분명했다. 만날 수 있는 방법을 찾아내야 했다. 백화점 주변을 어슬렁거리다 눈이 번쩍 뜨였다. 백화

__ 젊은 시절 누군가에게 실력을 인정받고 싶은 마음에 무턱대고 유명
음악인을 찾아가 오디션을 보았다. 사진은 퀘스천스 시절 필자가 기타를 연주하는 모습.

점 뒤편에 5층의 밴드 대기실과 연결된 외벽 철계단. 그곳으로 밴드
멤버가 올라가는 걸 목격한 것이다.

'아…… 저리로 가면 분명히 만나겠구나!'

길을 눈여겨봐둔 뒤 집으로 돌아갔다. 쉬는 일요일 날 기타를 들
고 백화점으로 향했다. 철계단을 단숨에 올라갔다. 심호흡을 한 번
하고 철문을 두드렸다. 김광수 선생이 문을 열고 고개를 내밀었다.

"뭐냐?"

"저는 서라벌고 2학년 학생입니다. 무대에 한번 서고 싶어서 찾아왔습니다."

"네가 뭘 할 줄 아는데 무대에 서겠다는 말이냐."

"기타도 치고 노래도 합니다."

김광수 선생은 철문을 닫고 계단 쪽으로 나왔다. 그러더니 웃으면서 말했다.

"한번 쳐봐라."

철계단 위에서 김광수 선생과 일대일로 오디션을 보게 된 셈이다. 발아래로 자동차가 휙휙 지나다니는 모습이 아련하게 보였다. 그는 기타의 여러 가지 코드나 스케일 등을 하나씩 주문했다. 주문이 떨어지자마자 척척 쳐냈다. 그때는 모든 면에서 자신만만한 나이였다.

"잘하는데……"

그는 웃으며 안으로 들어오라고 했다.

"자, 지금부터 한 스테이지 하는 거야."

너무 순식간에 벌어진 일이었다. 심장은 터질 듯 두근대고 꿈인지 생시인지 정신이 하나도 없었다.

김광수 선생은 무대에 올라 몇 곡을 연주한 뒤 나를 소개했다. 기타를 들고 무대에 올라섰다. 얼떨결에 데뷔하게 된 것이다. 엘비스 프레슬리의 〈올 슈크 업(All Shook Up)〉이 내 무대 데뷔 곡이었던 걸로 기억한다. 공연하기 전에는 몰랐는데, 막상 연주를 시작하고 보니 심장이 뛰면서 다리가 마구 떨리기 시작했다. 오히려 그것이 전화위복이 되었다. 본래 엘비스의 노래가 다리를 떨며 하는 거라 제대로 모션이 나온 셈이다. 홀을 메운 관객들이 박수치며 열광하는 모습이 보였다. 그러나 너무 흥분한 탓일까. 내 귀에는 아무 소리도 들리지 않았다.

뭘 했는지도 모르겠다 싶을 정도로 정신이 없었다. 무대에서 내려오니 김광수 선생이 매주 일요일마다 나오라고 주문했다.

그 이후로 일요일이면 신세계백화점으로 출근했다. 더운 여름에 데뷔한 뒤 한 석 달 정도는 매주 공연을 한 것 같다. 그 공연 덕분에 음악인이 될 수 있다는 용기를 얻을 수 있었다. 한마디로 바람이 난 것이다.

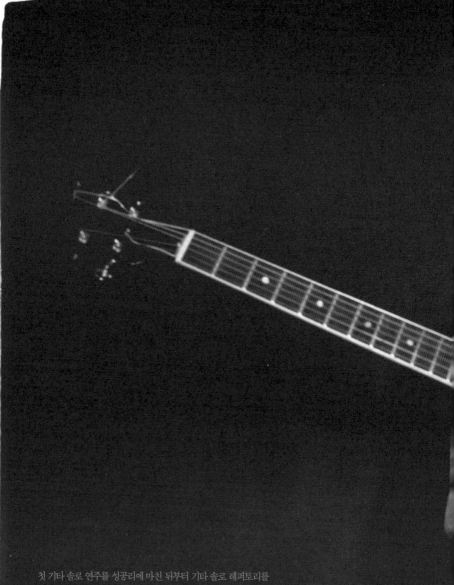

첫 기타 솔로 연주를 성공리에 마친 뒤부터 기타 솔로 레퍼토리를 하나씩 늘려나갔다. 결국 쇼 중간에 고정 솔로 타임이 생겼다. 오디션에서 전문가들은 내 솔로 타임에 대해 별도로 점수를 매겼다. 미국 주심이 영어로 "Great"라고 썼다. 당시에는 무슨 뜻인지 몰라 고개를 갸웃했는데 나중에 알고 보니 '최고'라는 평가였다. 나도 모르게 몸값이 올라가고 있었다.

2장

미 8군 무대를 점령하다

1 공장에서 벗어나 음악인으로

공장은 나날이 번창했다. 그러나 그건 어디까지나 남의 일이었다. 심적인 압박감은 점점 커졌다. 노동에 내 미래를 걸 수는 없었다. 무언가를 찾아 나서야 한다는 생각이 머릿속을 떠나지 않았다. 내가 없으면 회사가 돌아가는 데 어려움이 있을 정도로 역할이 커졌다. 회사에 계속 충성하면 안정적인 생활은 할 수 있었을 것이다. 그러나 청춘은 지나가고 있었다. 더는 견딜 수 없었다. 내 인생을 개척해야겠다는 결심을 했다. 김광수 선생에게 인정받아 무대에 데뷔한 뒤라 자신감도 있었다.

공장에서 탈출하기로 결심했다. 모두가 잠든 새벽, 기타 하나 달랑 들고 개구멍으로 빠져나갔다. 공장에서 도망친 뒤 친구 집을 전전했다. 배고픔에도 시달렸다. 한두 달을 그렇게 지내다 도저히 안 되겠다 싶어 먼 친척 집을 찾아갔다. 옛날에는 가진 것이 없어도 나누는 인심은 있었다. 하지만 형편이 어려운 시절이라 밥을 얻어먹을 염치가 없었다. 일부러 밤늦게 들어가기 일쑤였다.

"도련님, 식사하셨어요?"

배에서는 꼬르륵 소리가 났지만 폐를 끼치기 싫어 "네, 먹었습니다"라고 말했다. 배부른 척하며 잠자리에 들었다. 아침에 일어나 보리밥을 한 그릇 얻어먹고 나오는 게 고작이었다. 그걸로 하루를 버텼다. 돈이 없어 신당동 산동네에 있던 친척 집에서 종로까지 걸어가야 했다. 그런데 이놈의 보리밥이란 게 먹고 나서 돌아서면 배가 꺼지니 환장할 노릇이었다. 게다가 열여덟, 한창 배고플 나이였다. 종로 거리에는 찐빵을 가마솥에 쪄 파는 노점상이 즐비했다. 그 냄새가 200미터 앞부터 솔솔 나기 시작했다. 입에 군침이 괴어도 그냥 지나쳐야 했다. 돈이 없으니 도리가 없었다.

고픈 배를 움켜쥐고 낮에는 종로의 음악학원을 돌아다녔다. 가진 거라곤 기타 하나뿐이라 그곳으로 향한 것이었다.

강의실이래야 학생들이 벽을 향해 보면대(악보 올리는 대)를 놓고 기타 연습을 할 수 있도록 만들어둔 것이 전부였다. 강의실에서 기타를 치면 연습하던 학생들이 전부 내 쪽을 돌아봤다. 아마 꽤 잘 쳤던 모양이다. 박수세례도 자주 받았다. 학원 선생도 익히 내 실력을 알기 때문에 내가 어떻게 연주하든 상관하지 않았다. 그저 기타

___ 고교를 중퇴한 필자는 기타 한 대에 의지해 정처 없이 떠도는 나그네였다. 1971년 당시의 필자.

를 마음껏 칠 수 있다는 게 좋았다. 그러다 보니 종로 바닥에 소문이 났다. 하루는 종로 2가 쪽을 걸어가는데 어떤 나이 든 양반이 나를 불렀다.

"학생, 좀 봅시다."

그는 옆 건물을 손가락으로 가리켰다.

"이 건물이 내 거요. 자네 여기서 기타 학원 할 생각 없나?"

"진짜 그렇게 할 수 있습니까?"

"자네가 좋다면 그리 하게."

두말할 필요가 없었다. 무조건 하겠다고 답했다.

그 건물에는 기타 학원이 하나 세 들어 있었다. 그 학원을 내게 맡길 줄 알았는데 그게 아니었다. 건물 주인은 나를 건물 안으로 데리고 들어갔다. 건물 입구에는 주인이 직접 운영하는 대서소(代書所)가 있었다. 대서소를 지나 안으로 들어가니 버려둔 공간이 있었다. 그 자리를 내주겠다고 했다. 오갈 데 없는 내가 가릴 처지가 아니었다. 세 들어 있던 기타 학원은 건물 주인이 내보냈다.

주인 영감은 신문에 광고를 내고 새 교습생을 모집했다. 교습생들이 조금씩 모이기 시작했다. 어린 선생이지만 열심히 가르치니 다들 좋아했다. 그런데 학원 문을 연 지 석 달이 지나도록 내 손에는 돈 한 푼 떨어지지 않았다. 월급에 월세에다 시켜 먹는 밥이며 전기세, 수도세 등을 제하니 오히려 마이너스가 됐다. 어린 나이라 세상 물정을 전혀 몰랐다. 내성적이고 수줍음을 타 항의도 못했다. 빚은 늘어만 갔다. 살아갈 계획이 서지 않아 막막했다. 속으로만 끙끙 앓았다. 그러나 당장 갈 곳도 없었다. 교습생 수는 나날이 늘었지만 형편은 달라지지 않았다. 그렇게 반년쯤 흐른 어느 날, 아주 화려하게 빼입은 한 남자가 기타를 배우러 왔다.

② 미8군 오디션

학원에서 사흘 동안 아무 말 없이 기타를 배우던 그 남자가 내게 말했다.

"저기, 3일간 연습했는데 선생님 기타 소리를 한 번도 못 들어봤어요. 기타 한번 쳐보시죠."

나는 "죄송합니다"라며 고개를 꾸벅 숙인 뒤 기타를 쳤다. 그랬더니 그가 깜짝 놀라는 게 아닌가.

"아니, 왜 여기 있어요? 내가 미 8군 무대에 출연하는데, 거기서 일해보지 않을래요?"

그는 미 8군에서 일하는 남자 무용수였다. 안 그래도 주인 영감에게 월급도 못 받고 빚만 늘어 죽을 것 같던 처지에 잘되었다 싶었다.

"거기서 무슨 일을 하는 겁니까?"

"미군 부대 안에 쇼단이 여럿 있어요. 선생님 실력이면 거기서 환영받을 겁니다."

난 목소리를 낮췄다. 학원 바로 옆의 대서소에 앉아 있던 주인 영감이 혹여 들을까 봐서였다.

"소리 좀 낮춰 말씀하십시오. 그리고 제발 저 좀 데려가 주십시오."

그러자 그가 조용히 속삭였다.

"그럼 내일 나랑 만납시다. 미 8군 연예회사에 소개시켜 줄 테니까요."

다음 날 아침. 아끼던 미제 하모니 기타를 들고 밖으로 나갔다. 혹시나 주인 영감의 의심을 살까 봐 다른 짐 보따리는 챙기지 않았다. 또 한 번 탈출한 것이다.

그는 나를 원효로에 있던 미 8군 연예 대행회사로 데려갔다. 밴드 마스터 앞에서 오디션을 봐야 했다.

"한번 쳐보게."

마스터의 말이 떨어지자마자 정신없이 기타를 쳤다. 마스터는 블루스 코드로 쳐보라, 로큰롤 진행으로 해보라며 각종 주문을 했다. 그 정도야 기본이었다.

"내일부터 나올 수 있나?"

__ 전자 기타는 필자의 분신이다. 그러나 50년 전 필자는 전자 기타를 구할 돈이 없어 미 8군 무대 진출을 포기할 뻔했다.

"네. 나올 수 있습니다."

"그럼 내일부터 나오게. 자네, 악기는 있나?"

"네. 있습니다."

합격이었다. 그런데 한숨만 나왔다. 밴드 마스터가 말하는 '악기'란 전자 기타를 뜻하는 것이었다. 내가 갖고 있던 하모니 기타는 통기타였다. 1955년 당시 전자 기타는 상당한 고가품이었다. 내 능력으론 구할 도리가 없었다.

'내가 복이 없구나⋯⋯.'

자포자기한 심정으로 종로 거리를 터벅터벅 걸었다. 노예선과 다를 바 없는 학원으로 다시 들어가야 하나⋯⋯. 고민하며 발걸음을 옮겼다. 아무 생각 없이 걷다 보니 학원 건너편에 도착해 있었다. 그런데 갑자기 누군가가 뒤에서 어깨를 두드렸다.

"야!"

힘없이 고개를 돌렸다. 친척 집 제약회사에서 일할 때 약품을 배달하며 알게 된 친구 전인호였다. 그 친구는 도매상에서 약품을 떼다가 약방에 납품하는 개인 사업가였다. 그렇게 친하지는 않았지만 가끔 이야기를 나누고 차를 함께 마시던 사이였다.

"왜 힘이 하나도 없어?"

"그럴 일이 있어⋯⋯."

"무슨 일인데?"

"아무것도 아냐……. 그냥 고민이 있어서 그래."

친구는 나를 데리고 지하 다방으로 내려가 차를 시켰다. 그러곤 캐물었다. 내 표정이 무척 심각해 보였던 모양이다.

"사실은……. 미 8군 오디션에 합격하고 오는 길인데, 전자 기타가 없어서 포기해야 할 것 같아."

나는 침울하게 털어놨다.

"뭐 그런 걸로 걱정하나. 따라와!"

그는 인근 악기점으로 들어가더니 말했다.

"골라."

"무슨 소리야. 너 돈 있어?"

"신경 쓰지 말고 골라."

시종편

3 미8군 무대에 서다

인호는 가죽장갑을 벗더니 가죽점퍼 안주머니에서 돈을 꺼내 세기 시작했다. 무슨 일이 벌어지는 건지 정신이 하나도 없을 정도였다. 어느새 내 품에는 전자 기타가 안겨 있었다. 꿈인지 생시인지 가물가물했다. 그 친구가 내 눈에는 영화배우 말론 브란도처럼 멋져 보였다. 이튿날 그가 사준 전자 기타를 매고 미8군으로 달려갔다.

다람쥐 쳇바퀴 돌 듯 연습과 실전이 끊임없이 반복되는 생활이 시작됐다. 빡빡한 일정 속에서도 가끔 짬이 나는 날에는 인호를 만났다. 만나서 많은 얘기를 한 것은 아니지만 서로 인정하고 존중했다. 같이 보는 것만으로도 즐거웠다. 왜 나한테 무턱대고 기타를 사줬는지는 물어보지 못했다. 그걸 물어보면 오히려 친구의 멋을 인정하지 않는 꼴이 될 수도 있다는 생각에서였다. 친구 사이에 그런 말은 굳이 필요없었다.

당시 쇼단 사무실은 원효로 일대에 몰려 있었다. 대부분 건물 1층은 악기 창고로 쓰였다. 2층에는 작은 방이 하나 있었다. 난 그 방에 짐을 풀었다. 한겨울이었지만 난방조차 되지 않았다.

첫 출연이지만 연습도 하지 않고 바로 일을 나갔다. 악보를 나눠주면 그 자리에서 국어 수업시간에 책 읽듯 연주를 해내야 했다. 악보를 보면 식은땀이 났다. 미 8군을 통해 흘러나온 '피스 악보(종이 한 장에 곡 하나가 담긴 낱장 악보)'였다. 미국 유명 편곡자들이 손본 악보라 곡이 품위 있고 멋있었다. 당연히 수준도 높았다. 콩나물 대가리가 새까맣게 악보를 채우고 있었다.

중·고등학교 때 어려운 곡을 많이 연습해둔 게 다행이었다. 어린 녀석이 그걸 다 연주해내니 선배들이 예뻐했다. 실전에서도 합격점을 받은 것이다.

"내가 운은 있구나……"

다행이었다. 처음으로 제대로 된 직장을 구한 것이다. 월급 3000원. 그때 돈으로 하루 100원이면 끼니는 해결할 수 있었다. 당시 미 8군에서 가장 낮은 보수를 받던 악기를 나르는 헬퍼나 조명기사도 나보다 두세 배는 더 받았다. 그래도 황송했다. 먹고 잘 곳이 있으니까.

하지만 옷을 사 입을 여유까지는 없었다. 늘 검정 군용 코트 차

__ 친구가 사준 전자 기타 덕분에 필자는 미 8군 무대에 설 수 있었다.
음악인 신중현을 키운 건 미 8군 무대다.

림이었다. 당시에는 남대문시장에서 군용 코트를 팔았다. 그걸 사서
길거리의 염색집에 맡겼다. 염색집에선 거리에 물과 검정 염색약을
섞은 드럼통을 놓고 아래에다 불을 지폈다. 거기에 옷을 넣었다 빼
면 검은 물이 들었다. 그걸 입고 미 8군 무대에 섰으니, 지금 생각하
면 우스꽝스러운 무대 의상이었다.

처음에는 쑥스러워 악보만 들여다보고 죽어라 연주했다. 색소

폰·트럼펫·트롬본 등이 포함된 13인조 빅밴드였다. 초보가 잘난 척할 수 없어 뒷자리에 보일 듯 말듯 파묻혔다.

미군들이 제일 좋아하는 게 기타였다. 나만 쳐다보는 군인들이 늘었다.

"헤이, 스코시! 플레이 기타 솔로!"

스코시는 일본어로 '조금, 약간'이라는 뜻이다. 내 키가 작아서 그렇게 불렀을 것이다. 일본 오키나와에 주둔하다 한국으로 온 미군들이 일본말을 조금 알고 있는 듯했다.

기타 솔로를 멋지게 보여주고 싶었다. 그러나 선배들 눈치를 보느라 감히 나서지 못했다. 그렇게 몇 개월이 지났다. 시간이 지날수록 자존심이 상했다. 마치 내 자신의 무능함을 증명하는 듯했기 때문이다.

4 첫 기타 독주

궁리 끝에 통역을 맡은 매니저에게 부탁했다.

"미군들이 자꾸 기타 솔로를 요청하는데……. 뭘 연주하면 좋을지 미국 사람들에게 좀 물어봐 주십시오."

매니저는 나를 클럽 책임자에게 데려갔다. 그러더니 영어로 뭐라고 이야기를 주고받았다.

클럽 책임자는 커다란 열쇠 꾸러미를 들고 앞장섰다. 주크박스를 열었다. 몇십 센트를 넣으면 곡이 연주되는 주크박스는 클럽마다 하나씩 있었다. 주크박스에는 속칭 '도넛판(레코드 하나에 한 곡이 담긴 45회전판)'이 잔뜩 꽂혀 있었다. 클럽 책임자는 그중 넉 장을 골라 줬다. "생큐"라고 인사하고 받았다.

창고로 돌아와 전축에 레코드판을 얹었다. 기타 솔로가 죽여줬다. 〈기타 부기 서플(Guitar Boogie Shuffle)〉이란 곡이었다. 당시 미국인들이 가장 좋아하던 기타 솔로 곡이랬다. 잠도 안 자고 곡을 완전히 습득했다.

그런데 반주가 받쳐주지 않으면 솔로 독주는 불가능했다. 가수들도 자기 노래 한 번 부르려면 밴드 마스터에게 돈을 쥐어줘야 하는 시절이었으니, 막내가 밴드의 반주를 받으며 독주를 한다는 건 상상하기도 힘든 일이었다. 용기를 내 밴드 마스터에게 말했다.

"어제 클럽 책임자에게 받은 곡인데 오늘 연주하고 싶습니다."

___ 1960년대 미 8군 무대에서 공연하는 필자(맨 왼쪽).
데뷔 초기에는 부끄러움을 탔지만 무대에 자주 서면서 쇼맨십도 늘었다.

"어제 받았는데 어떻게 오늘 연주할 수 있나?"

"밤새 연습했습니다."

밴드 마스터는 잠시 머뭇거리더니 펜을 들고 반주 악보를 만들기 시작했다. 편곡은 이날 공연이 시작되기 직전에야 겨우 끝났다.

용산역 앞의 에어멘스 클럽. 그곳에 오는 미군들은 평소에도 사복을 입는 정보 부대원들이었다. 군복 입은 군인만 상대하다 미국 상류층 연회장처럼 화려한 모습을 보니 위압감을 느꼈다. 온 신경이 곤두섰다.

"여기서 틀리면 끝장인데……"

초조하고 긴장됐다.

몇 곡이 지나고 드디어 내 차례가 왔다. 아무 생각이 없었다. 무조건 죽어라 연주했다. 내가 뭘, 어떻게 했는지 기억도 나지 않았다. 연주가 끝났다. 의자에 앉아 고개를 푹 숙인 채 넋을 놓고 있었다. 그런데 옆 자리에서 콘트라베이스를 연주하던 선배가 발로 내 다리를 툭툭 찼다.

"왜 그래요?"

"일어나."

"왜요?"

"앞을 좀 봐봐."

미군들이 기립 박수를 치고 있었다. 너무 긴장한 나머지 박수 소리도 듣지 못한 것이다.

"야, 일어나서 인사해."

첫 기타 솔로에 기립 박수를 받은 것이다. 그 이상의 영광은 없었다. 미 8군 입성 3개월 만이었다.

이튿날 월급이 3000원에서 7000원으로 뛰었다. 입이 찢어졌다. 일주일 뒤 어떤 사람이 오더니 물었다.

"자네 여기서 얼마 받나?"

1만 5000원을 줄 테니 자기 밴드로 오라고 했다. 연예계 바닥이라 소문이 빨랐다. 나는 "고맙습니다"라며 꾸벅 인사했다. 그 길로 단장에게 가서 말했다.

"저 그만두겠습니다."

"아니, 왜?"

단장은 월급을 2만 원으로 올려주며 나를 붙잡았다. 당시 밴드마스터의 월급이 2만 5000원이었다. 월급으로 치면 2인자가 된 셈이다.

생활이 확 피었다. 난방도 되지 않고 담요 하나만 덜렁 있던 창고 방에서 나와 하숙집으로 거처를 옮겼다. 월급도 늘었겠다, 이젠 인간답게 살고 싶어서였다. 아랫목이 뜨끈했다. 일을 마치고 돌아오면 윗목에 밥상이 놓여 있었다. 부모님이 돌아가신 뒤 처음으로 사는 맛이 났다.

5 잘나가는 기타리스트

당시 미 8군 밴드는 미국인 엔터테인먼트 전문가에게 6개월마다 평가를 받아야 했다. 그들은 프로그램 전체에 점수를 매겼다. 오디션에서 떨어지면 다음 오디션 때까지 일을 할 수 없었다. 오디션에 목숨을 걸 수밖에 없었다. 어느 날 오디션 현장에서 갑자기 앰프가 먹통이 됐다. 식은땀이 흘렀다. 당황한 나는 엉겁결에 앰프를 발로 걷어찼다.

"찌~잉"

앰프가 다시 작동하기 시작했다. 옛날 기계는 간혹 충격을 가하면 제대로 작동하곤 했다. 무대에서도 그렇게 위기를 넘길 때가 종종 있었다.

당시에는 화양, 20세기, 유니버살 등 대형 연예회사가 군대에 물건을 납품하는 형식으로 연예인을 공급했다. 회사마다 쇼 그룹과 밴드 등 20개 이상의 단체를 거느리고 있었다. 쇼 그룹은 밴드와 함께 무용수나 가수, 코미디언과 마술사 등 여러 가지 연예인이 섞여 있는 팀이고, 밴드는 연주만 하는 팀이었다.

밴드는 10인 미만이 모인 소규모(주로 4~7인조) 팀인 '캄보 밴드'와 13~20여 명으로 구성된 오케스트라 형식의 '풀 밴드'로 나뉘었다. 밴드는 클럽과 기본 한 달 단위로 계약했다. 그러면 밴드 멤버들은 클럽에 출근해 정해진 시간 동안 공연했다. 그런 식으로 여기저기 옮겨 다니며 하는 공연을 '플로어 쇼'라고 일컬었다. 전쟁 중 제대로 된 무대 없이 바닥(floor)에서 위문공연을 하던 데서 유래한 이름이다.

계약한 밴드가 쉬는 시간에는 클럽 소속 밴드인 '하우스 밴드'가 연주해 공백을 메웠다. 하우스 밴드는 클럽별로 따로 오디션을 봤다. 하우스 밴드

__ 필자는 엄격한 미 8군의 오디션 제도 덕분에 늘 긴장을 풀지 않고 실력을 갈고닦을 수 있었다. 기타 솔로 연주에 몰입한 필자.

보다 플로어 쇼를 하는 밴드의 개런티가 몇 배 더 비쌌다.

나는 화양 산하의 '스프링 버라이어티 쇼'에 속해 있었다. 미 8군 관계자들은 "엉터리 쇼를 미군에게 보여줄 수 없다"며 까다롭게 평가했다. 발음 하나만 틀려도 탈락이었다. 덕분에 나도 영어 발음 하나는 아직까지 어디 내놔도 빠지지 않는다는 얘기를 듣는다. 영어 노래 가사를 외우며 자연스레 발음을 익혔기 때문이다. 그 때문에 곤란을 겪기도 했다. 짧은 영어라도 한마디 하면 외국인들은 내가 영어를 아주 잘하는 걸로 오해했다. 그들의 입에선 곧바로 어려운 영어가 '쏼라쏼라' 하고 쏟아져 나왔다. 나는 한마디도 못 알아듣고 고개만 절레절레 흔들 뿐이었다.

첫 기타 솔로 연주를 성공리에 마친 뒤부터 기타 솔로 레퍼토리를 하나씩 늘려나갔다. 결국 쇼 중간에 고정 솔로 타임이 생겼다. 오디션에서 전문가들은 내 솔로 타임에 대해 별도로 점수를 매겼다. 미국 주심이 영어로 "Great"라고 썼다. 당시에는 무슨 뜻인지 몰라 고개를 갸웃했는데 나중에 알고 보니 '최고'라는 평가였다. 나도 모르게 몸값이 올라가고 있었다.

미 8군 측의 혹독한 오디션 덕분에 국내 밴드 수준이 세계 어디에 내놔도 뒤지지 않는 수준을 유지할 수 있었다고 생각한다. 지금까지 내가 음악생활을 할 수 있는 것도 그때 실력을 갈고닦은 덕분이다. 훗날 곡을 발표할 때도 국내용이라 해서 수준을 낮추지 않았다. 미군 부대에서 연마한 수준급 음악성을 유지해야 한다고 생각했기 때문이다. 그래서인지 초창기에는 내 음악이 다소 어렵다는 소리도 곧잘 들었다.

한참 동안 미 8군에서 잘나가는 기타리스트로 활동했다. 남들보다 월급도 많이 받았다. 그런데 많이 버는 게 꼭 좋은 것만은 아니었다. 월급은 올랐지만 중국집 외상값은 오히려 점점 늘어나기만 했다. 미 8군 연예회사가 몰린 원효로에는 우리 같은 사람들을 노린 주점이 많았다. 참새가 어찌 방앗간을 지나치리. 스트레스가 많다보니 일이 끝나면 술을 엄청나게 퍼마셨다. 중국집에서 동료들과 배갈을 됫병으로 몇 병이나 마시고는 "내 앞으로 달아"라고 호기 있게 말하곤 했다. 그러니 월급이 늘었어도 외상값이 줄어들 리 없었다.

겉으론 탄탄대로였다. 그러나 내심 불안했다. 연주야 잘하지만 체계적인 이론을 갖추고 있지 않았기 때문이다. 그러던 중 기회가 찾아왔다. 미국 워싱턴의 음악학교인 USN에서 재즈 화성학을 체계적으로 배운 이교숙 선생님을 만난 것이다.

이교숙 선생님이 내 소속사인 '화양'의 사무실로 찾아왔다. 선생님은 직업 음악인을 상대로 교습생을 모집했다. 가뜩이나 음악 이론에 목말라하던 터라 망설임 없이 선생님의 문하로 들어갔다.

6 이교숙 선생님

이교숙 선생님은 이후 해군 군악학교장·군악대장, 이화여대·연세대·서울대 교수 등을 지냈다. 태극기에 경례할 때 나오는 배경 음악도 선생님의 작품이다. 우리나라에 최초로 하프를 들여온 분이 시기도 하다. 덩치 큰 남자가 섬세한 하프를 연주하는 게 겉보기에는 그리 어울리지 않았다. 당시 우리나라 오케스트라에는 하프가 없어, 그 빈자리를 채워야 한다는 신념으로 하프를 스스로 공부하신 것이다. 그만큼 한국의 음악 현실을 진지하게 고민하는 분이셨다.

미 8군의 직업 음악인을 대상으로 한 강의가 내 소속사인 '화양' 사무실에서 시작됐다. 선생님은 '도레미파솔라시도' 부터 가르쳤다. 기초 중의 기초부터 완벽하게 통달시키려는 의도였다. 지금 생각해도 그 교육 방법이 좋았다. 음악의 기초인 클래식 화성학을 1년간 배운 뒤 악기론에 들어갔다. 이 세상에 나와 있는 모든 악기의 성격과 음역·기능 등 세부적인 것 어느 하나 놓치지 않는 강의였다. 선생님은 무엇 하나 어영부영 넘어가는 법이 없었다. 숙제도 어마어마하게 많았다. 일주일에 세 번 있는 강의에 맞춰 숙제를 하려면 매일 밤을 새도 모자랐다. 자연히 공부는 지루하고 어려웠다. 1957년 1기 강습생 50명이 공부를 시작했는데 3년 뒤에는 네댓 명만 남았다. 다행히 나는 모든 걸 팽개치고 끈기 있게 강의를 들을 수 있었다.

달러 빚이란 것도 그때 처음 얻었다. 월급은 한 달을 기다려야 나오는데, 수업료를 마련할 길이 없어서였다. 수업료는 정확히 기억나지 않지만 비싼 편이었던 것 같다. 당시 내가 소속된 회사에는 돈놀이를 하는 사람이 있었다. 나처럼 월급이 나오는 신용 있는 사람은 돈을 꾸는 데 아무런 문제가 없었다. 그 돈을 쓰다가 비싼 이자를 감당하지 못하는 사람도 간혹 있었다. 하지만 젊은 나이인데, 까짓 것 빚이 문제인가. 어떻게든 공부해야 한다는 일념뿐이었다. 2만 원 월급은 적지 않은 돈이었지만 학비에 하숙비를 내고, 술도 한잔씩 하려면 빚을 질 수밖에 없었다.

입문한 지 6개월이 지났을 때였다. 화성학을 배우는데 작곡 숙제가 나왔다. 머리털 나고 처음으로 작곡을 했다. 선생님은 과제물을 거둬 점수를 매긴 뒤 다음 시간에 나눠주곤 했다. 그런데 다른 사람은 이름을 부르며 과제물을 돌려주시는데 내 것만 빠져 있었다.

___ 1950년대 말, 교통사고로 오른팔이 부러진 필자가
이교숙 선생의 수업을 들으며 왼손으로 오선지에 쓴 강의 노트.

어리둥절해하고 있는데 선생님이 칠판에 무언가를 적기 시작했다.
내 곡이었다.

"다들 잘 봐라. 곡은 이렇게 써야 한다. 정말 좋은 감각이다. 자
네는 작곡가로 나서면 좋겠다."

나이 많은 다른 선배들에게 미안하고 민망해 몸 둘 바를 모를
지경이었다. 그러나 속으론 좋아서 하늘로 붕 떠오른 기분이었다.
며칠 동안 잠도 오지 않았다. 나는 선생님의 칭찬에 용기를 얻어 작
곡에 몰두하였다. 나중에 학생이 몇 남지 않자 선생님은 내 얼굴만

쳐다보며 강의했다. 다행히 같이 수업을 듣던 다른 선배들은 크게 불평하지 않고 열심히 공부했다.

그런데 아쉽게도 그 첫 작품을 잃어버렸다. 정신없이 숙제를 많이 하다 보니 이래저래 쌓인 오선지 틈에 뒤섞여 쓰레기통으로 들어갔나 보다. 그 곡을 정확히 기억하지는 못하지만 다소 파격적인 내 작곡 스타일이 그 첫 작품에서 비롯된 것 같다. 그렇게 좋은 선생님과 인연을 맺은 것이 내겐 운명적인 사건이었다. 그 시절에 클래식과 재즈를 아우르는 고급 강의를 들을 수 있었던 건 대단한 행운이었다고 생각한다. 만약 미 8군에서 최고 대접을 받는 기타리스트라는 자리에 만족해 나태했다면 더 이상 발전할 수 없었을 것이다. 이교숙 선생님 없이 작곡가 신중현이 있을 수 있었을까.

이교숙 선생님을 뵌 것도 1984년 선생님의 환갑잔치 때가 마지막인 듯하다. 잔치는 북적댔다. 음대 교수부터 오케스트라 지휘자, 연주자 등 유명 클래식 음악인들이 홀을 꽉 채우고 있었다. 대중음악인은 나뿐이었다. 멋쩍어서 서 있기조차 마땅치 않을 정도였다. 저 높은 자리에 선생님이 앉아 계셨다. 피곤한 듯 졸고 있는 기색이었다. 인사를 했더니 선생님은 깜짝 놀라시며 나를 반겼다.

"내 옆으로 빨리 와라."

그때부터 선생님 얼굴에 생기가 도는 듯했다. 나중에 행사 주최 측 관계자가 내게 조용히 물었다.

"아니, 선생님이 기운 없이 계시다가 신중현 씨가 오니까 왜 저렇게 바뀌시죠?"

"저도 잘 모르겠는데요."

내가 선생님을 존경한 만큼 선생님도 나를 아끼신 것으로 짐작한다. 1973년 서유석이 부른 〈선녀〉에 선생님의 하프 연주가 들어가 있다. 당시 나는 서유석과 양희은의 앨범을 제작하고 있었다. 통기타 음악을 하는 친구들이라 록 비트는 맞지 않아 20인조 오케스트라를 썼다. 신비한 분위기를 내기 위해 선생님께 하프 연주를 부탁했다. 곡을 들어보신 선생님은 조금 당황한 기색을 보였다. 당시 나는 몽환적이고 파격적인 사운드에 심취해 있었다. 선생님은 클래식과 재즈에 정통한 분이라 그런 연주는 해보지 않았을 것이다. 그러나 곧바로 내 음악성을 이해하고 기꺼이 연주해주셨다. 선생님께 작곡을 배울 때도 나는 숙제로 파격적인 곡을 써내곤 했으니까.

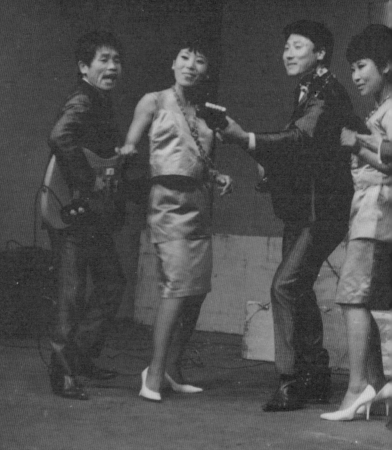

3장 한국적 록을 꽃피우다

〈님아〉의 히트를 계기로 가요계는 획기적으로 변하기 시작했다. 트로트가 주름잡 던 분위기에서 현대 음악이 주류로 떠오르는 중요한 전환점이 된 것이다. 처음에 대중 들은 '펄 시스터즈' 만 알았지만, 점차 신중현이란 존재가 밖으로 알려지게 됐다.

시중현

1 애드훠 결성

애드훠 음반이 신중현의 공식 첫 앨범으로 알려져 있다. 그러나 사실은 1958년에 이미 음반을 낸 경험이 있다. 우리나라 동요곡을 기타 솔로로 연주한 음반이었다. 신중현이 아닌 '히키 신'이란 이름을 달았다. '미 8군에서 유명한 꼬마 기타리스트'로 이름을 날리던 때라 제작자도 환영했다. 아직까지도 자신이 히키 신의 팬이었다고 말하는 사람들을 종종 만나게 되는데, 그럴 때마다 가슴이 뿌듯하다.

애드훠 음반 녹음은 우리나라 최초의 녹음실인 '장충녹음실'에서 진행했다. 마당이 넓은 커다란 가정집이었다. 당시에는 몰랐지만 장충동은 부유층이 살던 동네라고 한다. 나중에 연예인 대마초 사건으로 구치소에 있던 시절 대도 조세형과 함께 방을 쓸 기회가 있었는데, 그때 그에게 지겨울 정도로 도둑질 이야기를 들었다. 장충동이 부자 동네라 큰 도둑들의 주요 타깃이었다는 사실도 그때 알았다.

하지만 말이 녹음실이지 별다른 시설은 없었다. 카펫을 깐 응접실에서 녹음을 하는데, 녹음기라곤 미군들이 군용으로 쓰던 릴 테이프 레코더가 전부였다. 마이크를 하나밖에 꽂을 수 없는 모노 타입이었다. 전선을 최대한 늘어뜨려 마이크를 방 가운데 세우면 멤버들이 빙 둘러서서 거기다 대고 녹음을 했다. 요즘처럼 조각조각 나눠녹음하고 기계로 수정하는 방식은 당시에는 상상도 못했다. 연주하다 틀리면 처음부터 다시 녹음해야 했다.

그럼에도 열몇 곡에 달하는 녹음을 단 한 번 만에 끝냈다. 아침 10시에 시작해 오후 4~5시면 앨범 하나를 녹음할 수 있었다. 지금 생각하면 그걸 어떻게 했나 싶다. 그렇지만 그 시절 녹음한 음악은 지금 들어도 조금도 손색이 없다. 모든 신경을 곤두세워 초능력을 발휘한 덕분이라 생각한다. 나는 아직도 음악은 그렇게 해야 하는 것이라고 믿는다.

이교숙 선생님의 가르침 덕분에 일반 무대에도 쉽게 진출할 수 있었다. 1960년대 초부터 미 8군 무대는 사양길에 접어들었다. 바깥세상 물가는 자꾸 올라가는데, 미 8군에서 주는 출연료는 변하지 않았기 때문이다. 회사는 20~30명이던 쇼 인원을 열 명 안팎으

___ 비틀스의 인기에 자극을 받아 4인조 그룹 '애드휘'를 결성하고 1집 〈빗속의 여인〉을 발표했다.

로 줄이는 식으로 수지를 맞췄다.

나는 4인조 패키지 쇼 그룹인 '클럽 데이트'를 결성했다. 비틀스가 탄생하기 전인 1962년이었다. 테너 색소폰을 불던 신지철, 드러머 김대환과 이름은 기억나지 않는 콘트라베이스 연주자가 뭉쳤다. 우리를 필두로 미 8군 주변에는 몇 명으로 이뤄진 소형 밴드가 유행하기 시작했다. 미 8군에는 더 이상 기대할 게 없었다. 클럽 데이트를 해체하고 일반 무대용 4인조 그룹 '애드휘(Add4)'를 결성했다.

애드휘 멤버를 구성하면서 본격적으로 음반 작업에 착수했다. 김대환(드럼) 등 미 8군 출신으로 멤버를 구성했다. 미 8군에서 활동하는 음악인은 손바닥 보듯 훤하게 알고 있었기에 멤버를 구성하는 일은 어렵지 않았다.

1963년 영국의 비틀스가 첫 싱글 앨범을 내고 전 세계에 선풍을 일으켰다. 사실 나도 그런 음악을 해야겠다는 생각을 하고 있었는데, 그들이 먼저 서양식 모던 록을 선보인 것이다. 나는 비틀스의 음악성을 진지하게 검토했다. 나는 비틀스식 록을 한국식으로 구상하기 시작했다. 더 늦기 전에 음반을 내야겠다고 결심했다. 여러 음반사에 얘기했다. 그러나 당시 우리나라 음반사는 곡 수가 많아야 음반을 내줬다. 국내에서는 CD 시장이 거의 몰락한 최근에야 싱글 앨범 제도가 활성화되지 않았는가. LP판을 빼곡히 채우느라 작곡과 연주 준비에 시간이 걸렸다. 그 음반을 준비하느라 미 8군 생활까지 접었다.

먹고는 살아야겠기에 동두천 미 7사단 근처에 방을 얻었다. 멤버들도 몽땅 끌고 가 함께 살았다. 밤에는 7사단에서 '야매(비공식) 쇼'를 하고 낮에는 작곡과 연습을 했다. 야매쇼는 연예회사나 미 8군을 거치지 않고 클럽과 직거래를 하는 방식으로 이뤄졌다. 이리저리 떼이는 수수료가 없어 벌이도 괜찮았다. 당시 동두천은 서울에서 비포장도로를 타고 한참 가야 나오는 시골이었다. 그러다 보니 불법 쇼를 하더라도 아무도 건드릴 사람이 없었다. 음악 작업을 방해할 요소도 없었다.

그러나 막상 음반을 만들기 직전 멤버들 간에 문제가 생겼다. 정확히 기억은 나지 않지만 그대로 끌고 가기는 힘든 상황이었다. 해산하고 서울로 다시 올라왔다. 권순근(드럼), 한영현(베이스), 서정길(보컬) 등 새 멤버를 모아 팀을 재결성했다. 그리고 음반을 냈다. 음반사에서 순순히 판은 내줬지만 계약금 따위는 줄 생각도 하지 않았다. 가수나 연주자들은 음반을 내주는 것만으로도 고마워하던 시절이었다. 동두천서 연습하며 쌓은 노하우를 최대한 활용해 작업도 일사천리로 이뤄졌다. 그렇게 해 1964년 탄생한 게 〈빗속의 여인〉이 담긴 애드훠의 1집 앨범이다.

2 덩키스와 이정화

    나는 '애드훠'를 결성하면서 대중들의 반응에 큰 기대를 걸었지만 결과는 그에 못 미쳤다. 애드훠는 지금 세종문화회관인 옛 시민회관, 서울 세종로 '아카데미' 음악 감상실, 명동 '오비스 캐빈'의 꼭대기층 등에서 공연했다. 순회공연을 하면 티켓은 매진됐지만 우리 손에 떨어지는 건 거의 없었다.

    당시에는 쇼단장의 힘이 엄청났다. 문화공보부에서 단장증을 몇 사람에게만 내줬기 때문이었다. 그들은 주먹도 좀 쓰는 '힘 있는 사람'들이었다. 전국의 극장을 독점한, 한마디로 '주먹단장'들이었다. 연예인들은 돈을 못 받고 착취당하기 일쑤였다.

    그땐 콘서트를 일 년에 세 번 이상은 했다. 세종로 '아카데미', 명동 '오비스 캐빈' 등 음악 감상실에서 라이브를 하기도 했다. 그럼에도 수입은 겨우 생활이나 할 수 있을 정도였다. 공연이 없을 땐 먹고살기가 힘들었다. 게다가 아내가 큰아들인 대철이를 임신했을 때였다. 할 수 없이 밴드를 해산했다. 1966년의 일이었다.

다시 미 8군으로 들어갔다. 미 8군에서 패키지 쇼를 하기 위해 구성한 밴드가 '덩키스'다. 여자 가수가 한 명 필요했다. 신인 가수를 찾아다니다 발굴한 게 이정화다. 텔레비전 공개방송에 나온 걸 우연히 보고는 무릎을 쳤다. 그러나 미 8군 무대는 옛날 같지 않았고 공연 횟수도 적었다. 월급은 회사에서 꼬박꼬박 나왔지만 마음은 점점 가난해졌다. 그래서 일을 저질렀다. 이정화에게 음반을 내게 한 것이다. 그때 내가 준 곡이 〈봄비〉와 〈꽃잎〉이다.

두 곡은 나중에 히트하긴 했지만 처음에는 반응이 별로였다. 미 8군 무대마저 사양길로 접어들자 이정화는 베트남으로 떠나버렸다.

베트남전쟁이 길어지자 국내 쇼단들은 미군이 몰려 있는 베트남으로 찾아 들어갔다. 미군 무대 경험이 많은 한국 팀들이 아무래도 경쟁력이 있었던 것이다. 이정화를 빼고 5인조로 덩키스를 재정비한 뒤 새로 미 8군 오디션을 봤다. 가끔 비공식 쇼에도 나갔다.

사실 난 애드훠와 이정화의 음반에 썩 만족하지 않았다. 성격 탓이었다. 나는 녹음이 끝난 판은 두 번 다시 듣지 않는 특이한 성격이다. 요즘에 와서 옛 판을 다시 들어보면 '내가 한 건가' 싶을 정도

___ 애드훠의 텔레비전 공개방송 장면. 애드훠는 전국 순회공연을 하는 등 활발히 활동했으나 결과는 기대에 미치지 못했다.

로 까맣게 잊고 있던 곡들도 있다. 나는 늘 창작 의욕이 살아 넘친다. 한 번 작업을 하고 나면 바로 잊어버리고 새로운 무언가를 찾아다녔다. 자꾸 돌아보고 축적하면 늘 비슷비슷한 게 나오기 마련이라는 확신에서였다. 그래서 늘 버리고 비웠다. '더 잘할 수 있는데, 이게 아니라 뭔가 더 있을 텐데……. 에이, 어쩔 수 없지. 다음에 잘해야지.' 매번 이런 식이었다.

　그러한 성격은 지금도 바뀌지 않았다. 나이가 들었으니 들어앉아 누릴 때도 됐건만, 내 팔자에는 '만족'이란 없나 보다. 아직도 늘 기계를 만지고 음악을 만든다. 일종의 습관인 듯도 하다. 음악을 할 때는 물론이고 다른 생활습관도 비슷하다. 난 잠시도 가만히 있질 않는다. 젊을 때부터 바쁘게 살다 보니, 그게 몸에 밴 모양이다.

요즘 나는 서울 문정동의 작업실 겸 숙소인 우드스탁을 경기도 용인으로 옮기기 위해 공사를 하고 있다. 큰아들 대철이가 사놓은 땅에 내가 직접 설계한 2층집을 짓고 있다. 뼈대만 건축회사에 맡기고 살을 붙이는 작업은 직접 하고 있다. 하루는 앞집 아주머니가 같이 작업하는 우리 멤버에게 묻더란다.

"신중현 선생은 뭘 저렇게 매일 직접 두드리신대요?"

"저 분은 원래 직접 만드는 걸 좋아해요. 돈이 없어서가 아니고요……."

시흥련

3 펄 시스터즈

펄 시스터즈를 만난 건 우연이었다. 그들은 유니버살 쇼단에 소속된 미 8군의 신인 가수였다. 당시 세계 록 음악은 기존의 비틀스 풍에서 벗어나 지미 헨드릭스로 대표되는 사이키델릭(환각적인) 음악으로 변하고 있었다. 펄 자매도 미군 무대에서 사이키델릭 음악을 하고 싶어 했지만 마땅히 편곡해줄 사람이 없었단다. 수소문 끝에 찾아낸 게 나였다.

난 그들이 가져온 〈섬바디 투 러브(Somebody to Love)〉란 곡을 사이키델릭하게 편곡해줬다. 그들은 내가 편곡한 노래로 재미를 본 모양이다. 펄 자매는 내게 레슨을 부탁했다. 내 첫 공식 제자가 탄생한 것이다. 나는 일주일에 두세 번 서울 용산 부근에 있던 그들의 집으로 찾아갔다. 집에 도착하면 자매는 늘 책상 앞에 앉아 나를 기다리고 있었다. 이들 자매는 음악에 대한 열의가 대단했다. 가르치고 싶은 마음이 저절로 우러나게 하는 제자들이었다.

나는 비트나 감각적인 소소한 것부터 음악의 큰 줄기까지 실제로 연습하면서 느낄 수 있도록 가르쳤다. 사실 미 8군에서 통하는 음악의 감각을 설명하기란 쉽지 않은 일이다. 이미 10여 년 경험을 쌓은 내 노하우가 그들에게 흥미로웠던 모양이다.

자매인 그들은 경쟁심이 대단했다. 공부하다 내가 뭔가를 지적하거나 야단치면 곧바로 난리가 났다. 서로 "네가 잘못해서 그렇다"며 싸우느라 정신이 없었다. 자매는 서로 지지 않으려 했다. 나는 싸움이 끝날 때까지 기다렸다가 다시 수업을 시작하곤 했다. 뜯어말릴 재간도 없었다. 그때만 해도 고등학교를 갓 졸업한 어린 아가씨들이라, 철이 없고 혈기는 왕성했다.

펄 자매는 내 음악성을 직접적으로 가장 많이 받아들인 가수다. 나는 펄 자매의 레퍼토리를 거의 모두 편곡해 오디션을 보게 했다. 그들은 뛰어난 외모와 음악성으로 미 8군에서 상당한 인기를 누렸다. 1년간 진행된 수업은 저절로 끝났다. 나 역시 베트남으로 떠나기로 소속사와 계약했기 때문이다. 펄 자매는 베트남으로 간다는 소식을 듣고는 내게 부탁했다.

"떠나시기 전에 저희 기념 음반은 하나 내주셔야죠."

그래서 나온 앨범이 〈님아〉와 〈떠나야 할 그 사람〉이 든 그들의

데뷔 음반이다. 나는 이미 이정화와 애드훠 음반으로 실패를 맛본 경험이 있어 시장 반응에 별 기대를 하지 않았다. 하루하루 월남으로 떠날 날짜만 세고 있었다.

출국이 임박한 무렵이었다. 나는 식구들과 신촌의 단칸 월세방에서 곤히 잠들어 있었다. 새벽에 누군가 문을 두드렸다. 부스스 일어나 문을 열어보니 펄의 음반 제작자 킹박이 서 있었다.

"신 형, 신 형! 떴어, 떴어!"

"뭐가 떠?"

"〈님아〉가 떴어. 월남행은 취소해야겠어."

그는 음반이 떴으니 당분간 국내 활동을 해달라고 부탁했다. 그러나 난 이미 베트남행 계약금까지 받아둔 상태였다.

"계약 문제는 내가 다 해결을 할 테니 신경 쓰지 말라니깐."

"그렇다면 나가지 않을 수도 있지."

킹박은 위약금을 대신 물어주고 나를 붙들어 앉혔다. 그 길로 나는 우리나라 대중음악 시장에 본격적으로 뛰어들었다.

4 〈님아〉, 신중현을 알리다

〈님아〉가 뜨기 전 나는 한국의 일반 무대에서는 성공하기 힘들 거라고 생각했다. 전쟁터인 베트남으로 떠나기로 결심한 것도 그런 판단에서였다. 물론 베트남을 거쳐 프랑스 등 외국으로 진출해보려는 욕심도 있었다.

그 전에도 외국에서 스카우트 제의가 들어온 적이 있었다. 미 8군에서 한창 잘나가던 1960년대 초반이었다. 미군 사이에서 인기가 있어 나는 미국 음악 잡지에 소개되기도 했다. 미국 본토 음반사에서도 스카우트하고 싶다며 초청 편지를 보내기도 했다. 그러나 그 편지가 내 손에 도착한 것은 발송된 지 1년도 더 지나서였다.

당시 내가 몸담고 있던 소속사에 속한 뮤지션 중 내 스케줄이 가장 빡빡했다. 내가 빠지면 어려움을 겪을 게 뻔하니 회사 측에서

___ 일반 무대를 공략하기 위해 덩키스 멤버를 보강하여 퀘스천스 밴드를 결성했다. 퀘스천스 밴드의 멤버들(오른쪽에서 두 번째가 필자).

미국 진출을 방해한 것이다. 분통이 터졌다. 미국에 가면 이른바 출셋길이 열리는 건데 그 길이 막힌 것이다. 한 번 놓친 기회는 다시 오지 않았다.

세상은 공평한 것일까. 대신 한국 시장에서 대박이 났다. 〈님아〉는 100만 장 이상 팔렸다. 베트남으로 떠나기 전 기념 삼아 펄 시스터즈에게 선물한 〈님아〉가 그런 대박을 터뜨릴 줄은 상상조차 못했다. 막상 내가 승부를 걸었던 건 이전 작품인 〈빗속의 여인〉(애드휘)과 〈봄비〉(이정화)였으니 말이다.

〈님아〉의 히트를 계기로 가요계는 획기적으로 변하기 시작했다. 트로트가 주름잡던 분위기에서 현대 음악이 주류로 떠오르는 중요한 전환점이 된 것이다. 처음에 대중들은 '펄 시스터즈'만 알았다. 그런데 신중현이란 존재가 밖으로 알려지게 됐다. 서병후 기자가 펄의 성공 내막을 집중적으로 캐 주간지에 쓰면서부터다. 사람들은 내 음악을 신기해했다. 가요계에 새로운 물결이 넘실대기 시작했다. 대중은 새로운 음악 경향에 눈을 뜨게 됐다.

　미 8군이고 뭐고 다 집어치웠다. '덩키스' 멤버를 보강해 '퀘스천스'를 구성했다. 밴드로 연주 생활을 하는 한편 가수를 픽업하고 곡을 써댔다.

　펄 시스터즈는 나와 소속사가 달라 미 8군 무대에서는 별도로 활동했다. 그러나 방송이나 콘서트 등에서는 퀘스천스 밴드와 함께 출연했다. 나는 가수들을 훈련시킬 때 연습도 실전처럼 해야 한다는 걸 강조했다. 그래서 늘 밴드 반주를 동원했다. 피아노 한 대만 놓고 노래 연습을 하는 것과는 천지 차이였다. 내가 키운 가수들은 그래서인지 모두 무대 매너가 좋다는 평가를 받았다. 특히 미 8군 무대 경험이 많았던 펄 시스터즈는 자신감이 넘쳐났다. 펄 시스터즈는 트로트 가수와는 달리 화려한 율동이 많아 대중의 눈길을 사로잡았다. 펄 시스터즈는 텔레비전 공개방송, 시민회관 콘서트 등 바쁜 스케줄을 소화하느라 정신이 없었다. 너무 바빠 나조차도 얼굴을 대하기 힘든 대스타가 됐다.

⑤ 김추자와 〈님은 먼 곳에〉

펄 시스터즈가 히트하면서 가수들이 나에게 모여들었다. 김상 희도 그중 하나였다. 김상희의 음반을 작업하느라 신인 지망생들에 게는 신경 쓸 시간이 별로 없었다. 그 와중에 내 매니저가 신인을 하 나 만나달라고 부탁했다.

"제 친구의 처제인데 노래를 아주 잘합니다."

집요하게 부탁을 해와 거절할 수가 없었다.

"그럼 한번 오라고 하게."

그 말이 떨어지기가 무섭게 한 여성이 사무실로 찾아왔다. 김추 자였다.

가수 지망생 김추자가 찾아왔지만 막상 오디션을 볼 시간이 없 었다. 그때 난 김상희의 음반 작업을 하느라 정신없이 바빴기 때문이다. 김추자에게 말했다.

"지금 하는 음반 작업이 끝나면 테스트를 할 테니, 그리 알고 있어라."

"매일 와서 구경해도 될까요?"

"상관없다. 분위기 구경이야 뭐, 얼마든지 해도 되지."

그녀는 하루도 빠짐없이 사무실에 나와 음반 내는 과정을 지켜봤다. 나는 음반 작업에 매달려 있어서 이야기조차 나눌 수 없었다. 그러나 그녀가 매일 아침에 왔다가 저녁에 돌아가는 건 알고 있었다.

'끈질기군. 자세가 되어 있는데……'

한 달쯤 지났을까. 음반 작업이 드디어 끝났다. 김추자를 불렀다.

"노래 한번 불러봐라."

그녀는 펄 시스터즈의 〈님아〉를 부르기 시작했다. 그런데 갑작스러운 테스트에 당황한 모양이었다. 열심히 부른다고 부르는데 박자를 자꾸 틀렸다. 틀릴수록 더 당황하는 표정이 역력했다. 그러나 가능성이 보였다. 노래도 잘하고 음악성도 갖춘 듯했다.

"연습 한번 해보자. 가능성이 있겠다."

마음을 놓은 김추자는 실력을 발휘했다. 그래서 바로 음반 작업에 들어갔다. 김추자에게 줄 노래를 쓰기 시작했다. 〈늦기 전에〉와 〈월남에서 돌아온 김상사〉 〈나뭇잎이 떨어져서〉 등이 그때 나왔다. 그러나 펄 시스터즈처럼 금세 히트한 건 아니다.

나는 곡을 쓸 때 상업성보다 음악성에 중점을 뒀다. 진정한 음악으로 인정받고 사람들이 애창할 때까지는 상당한 시간이 걸리는 게 당연했다. 김추자의 음반 역시 그런 과정을 밟지 않을까 걱정됐다. 이 곡들 역시 이정화의 〈봄비〉나 〈꽃잎〉처럼 발표 당시에는 아무도 쳐다보지 않다가 뒤늦게 인정받았다.

시민회관 등에서 열린 내 공연에 김추자를 데리고 나가기 시작했다. 얼굴과 노래가 조금씩 알려졌다. 그러던 1969년 어느 날 TBC(동양방송)의 어떤 PD가 나를 찾아왔다.

"드라마 주제곡을 신 형이 꼭 써주셔야겠습니다."

그는 〈님은 먼 곳에〉란 드라마의 대본과 기획서를 건네줬다. 드라마 방영을 단 이틀 남겨놓고 있었다. 노래는 패티 김이 부를 예정이니 그에 맞게 써달라는 것이다. 얼떨결에 일을 맡게 됐다. 급히 노래를 지어 다음 날 밴드를 데리고 방송국 녹음실로 갔다. 그런데 PD가 사색이 됐다. 노래를 부르기로 한 패티 김이 시민회관에서 공연을 하고 있었던 것이다. 패티 김 측과 언성을 높이며 통화하더니 그는 내게 말했다.

"신 형이 데리고 있는 가수 누구든 좋으니 오늘 녹음만 마쳐주십시오."

데리고 있는 가수라야 김추자뿐이었다. 매니저에게 김추자를 찾으라고 했다. 세 시간가량 지난 오후 8시쯤 김추자가 녹음실에 도

___ 김추자는 펄 시스터즈처럼 빨리 스타덤에
오르지는 못했지만 〈님은 먼 곳에〉로 뒤늦게 빛을 봤다.

착했다. 그 자리에서 연습해 곧바로 녹음에 들어갔다. 녹음은 밤늦게 끝났다. 드라마는 그리 인기를 얻지 못하고 막을 내렸다. 곡이 너무 아까웠다. 1년 뒤 김추자의 새 음반에 〈님은 먼 곳에〉를 넣었다. 사실, 대중의 귀에 익숙한 〈님은 먼 곳에〉는 내 원곡과는 좀 다르다. 제작자가 대중성을 띄도록 다른 이에게 편곡을 맡겼기 때문이다. 제작자의 의도대로 결국 대박이 터졌다. 김추자는 그 곡으로 스타덤에 올랐다.

6 신중현 사단,
미 8군 무대를 공략하다

김추자는 미군 무대 경험이 없었다. 미 8군에서 잔뼈가 굵은 펄 시스터즈와는 다른 전략을 써야 했다. 미국적인 동작이 몸에 밴 펄 시스터즈와 차별화해 김추자에게는 한국적 율동을 찾도록 지도했다.

나는 가수들에게 노래뿐 아니라 무대 매너까지 철저하게 가르쳤다. 음악만 잘해서는 진정한 가수라고 할 수 없다. 무대에 서는 순간 짜임새 있는 쇼맨십을 보여줘야 대중을 열광시킬 수 있다. 미 8군에서 내 쇼가 인기를 끈 것도 그 덕분이었다. 처음에야 뒷자리에 처박혀 기타만 죽어라 쳤지만 점점 무대 앞으로 내몰리다 보니 몸을 던지는 수밖에 없었다. 미국 사람들이 좋아하는 몸짓이 무엇인지 연구했다. 밴드 멤버들과 함께 안무를 짜기도 했다. 우리가 공연을 하는 동안 미군들은 사진을 찍어대느라 정신이 없었다. 미군 오디션에서 내 솔로 타임이 '그레이트'란 평가를 받은 것도 세련된 쇼맨십이 가점을 얻은 덕분이라 생각한다.

무대에서 어떤 몸놀림을 보여줘야 하는지 영감을 준 것은 엘비스 프레슬리였다. 고교 시절에 본 영화 〈러브 미 텐더〉에 엘비스 프레슬리가 기타를 들고 노래를 하는 장면이 있었다. 그 모습에 홀딱 반한 나는 곧장 남대문 시장으로 달려갔다. 청재킷과 청바지를 한 벌로 사서 입고는 거울 앞에서 죽어라 엘비스 프레슬리를 흉내냈다.

이후 수많은 참고자료를 연구했지만 엘비스 프레슬리를 뛰어넘는 무언가를 발견하긴 어려웠다. 결국 엘비스 프레슬리의 쇼맨십이 바로 미국인들이 좋아하는 것이었다. 당연히 무대에도 어울렸다. 고교 때 열심히 갈고닦은 그 동작을 미 8군에서 쏠쏠히 써먹었다. 이후에도 엘비스 프레슬리의 뮤직비디오를 많이 참고했다.

미 8군의 연예회사 화양에서는 매주 구하기 힘든 뮤직비디오나 영화를 상영했다. 각종 음악 영화, 뉴포트 재즈페스티벌 등 일반인은 구하기 힘든 음악 관련 필름을 실컷 볼 수 있었다. 연예인들이 보며 연구할 수 있도록 자료를 제공한 좋은 시스템이었다.

애드훠를 구성하기 직전, 미 8군 무대용 4인조 그룹 클럽 데이트를 결성했던 시절에 내 쇼맨십은 극에 달했다. 키 작은 내가 장대

___ 미 8군 무대에서 쇼맨십으로 청중들을 열광시킨 애드훠.

같이 큰 신지철(색소폰)의 가랑이 사이를 왔다 갔다 하면서 기타를
연주하며 신기에 가까운 실력을 발휘했다. 그 노하우를 김추자를 위
시한 신중현 사단의 가수들에게 전수했다.

　나는 가수들을 붙잡고 일대일 훈련을 강행했다. 노래 가사 한
글자 한 글자도 그냥 넘어가는 법이 없었다. 느낌을 제대로 소화할
때까지 몇 번이고 반복했다. 연습은 늘 밴드의 라이브 반주로 진행
했다. 신인 가수 혼자서 노래만 연습하다 무대에 서면 기가 질리고
만다. 그러면 제 능력을 발휘하지 못한다. 무대를 압도하는 힘을 길
러야 했다. 신중현 사단의 가수들은 연습을 통해 저절로 무대 경험

을 익혔다. 그런 훈련을 거치면 목이 아니라 몸에서 소리가 나오는 체질이 된다. 그래서 내가 배출한 가수들은 무대 위에서 훨훨 날았다. 무대 매너도 좋고, 율동은 자유자재로 행했다. 모두 기가 살아 있었다. 게다가 모두 노력파였다.

7 김정미와 사이키델릭

김정미는 전형적인 노력파 가수였다. 펄 시스터즈와 김추자가 성공한 뒤 서울 명동의 내 사무실로 가수 지망생들이 몰려들었다. 김정미는 매일 그곳에 죽치고 앉아 오디션 기회를 기다렸다. 음반 작업과 편곡 등으로 바빴던 나는 신인 발탁에 그리 공을 들이질 못했다. 그러다 보니 오랫동안 사무실을 지키는 사람이 테스트 받을 기회를 얻곤 했다. 늘 사복을 입고 와 알아채지 못했는데 알고 보니 김정미는 당시 고교 3학년생이었다.

"넌 펄 시스터즈나 김추자를 따라잡을 수 없으니 새로운 걸로 하자."

인기 스타가 된 펄 시스터즈와 김추자는 내 손에서 어느 정도 벗어나 있었다. 어린 신인 가수 김정미에겐 내 음악성을 집중적으로

주입하기 좋았다. 김정미는 뭐든지 하라는 대로 따르는 등 온갖 성의를 보였다. 내가 그녀를 통해 실현하고자 한 건 바로 사이키델릭(환각) 음악이었다. 물론 김추자나 펄 시스터즈를 통해서도 사이키델릭 음악을 시도한 바 있었다. 그러나 이번에는 차원이 달랐다. 김정미의 음악은 환각 세상이 어떤 것인지 경험한 뒤에 창작한 진짜 사이키델릭이었다.

1970년대 초반이었던 걸로 기억한다. 베트남전쟁이 계속되고 있었다. 히피들은 반전 데모를 하러 전 세계로 흩어졌다. 그들은 원래 환각을 즐기기 위해 모인 집단은 아니었다. 그들의 중심 사상은 오로지 평화였다. 히피는 손가

___ 1970년대 초반의 김정미. 필자는 환각세계를 경험한 뒤 김정미를 통해 사이키델릭의 정수를 실현했다.

락으로 V자를 그리며 인사를 나눴다. 처칠의 V자는 승리(Victory)를 상징하는 것으로 유명하다. 그러나 히피의 V가 상징하는 건 평화였다.

그 같은 정신세계를 추구하던 그들 중 일부는 환각을 통하여 정신적 평화를 추구했다. 평화와 자유를 추구하는 록 음악을 하던 나는 자연히 그네들의 사상이 궁금해졌다. 그때 우리나라에도 히피족 20~30명이 들어와 있었다. 나는 6개월간 그들과 함께 생활했다.

히피들의 배낭 속에는 온통 대마뿐이었다. 나는 그들에게 밥과 고기를 사줬다. 씻지 않아 냄새가 날 땐 샤워도 시켜줬다. 그러면서 그들과 친해졌다. 그들은 내 공연장에도 가끔씩 찾아왔다. 그들은 객석에 자리가 있어도 무대 끄트머리에 책상다리를 하고 부처처럼 앉아 공연을 지켜봤다. 멍하니 공연을 지켜보는 그들의 모습은 순박하고 편안해 보였다.

14인조 신중현 오케스트라가 명동 유네스코회관 옥상의 큰 식당에서 연주할 때였다. 히피 대여섯 명이 내 공연을 보러 왔다. 나는 연주 틈틈이 그들의 자리로 가 함께 맥주잔을 기울이며 휴식을 취했다. 그런데 그들이 LSD란 조그마한 알약을 꺼내는 게 아닌가. 칼로 열십자를 내 네 조각으로 쪼개더니 그중 하나를 내밀었다. LSD는 대마보다 환각의 정도가 심한 약물이라고 했다. 꿀꺽 삼켰다. 그런데 아무런 변화가 없었다. 다시 무대에 올랐다. 30분가량 더 공연한 뒤 테이블로 돌아왔다. 그때까지도 별다른 반응이 없었다.

"이게 뭐야, 아무렇지도 않잖아."

나는 고개를 갸웃거렸다. 그들은 씩 웃으며 내 얼굴만 멀뚱멀뚱 쳐다보고 있었다.

LSD의 약효는 아무리 기다려도 나타나지 않았다. 맥주를 더 시켰다. 내 앞에 맥주병이 놓였다. 그런데 갑자기 맥주잔이 내 품으로 떨어지는 게 아닌가. 손을 내밀어 잔을 붙잡았다. 그제야 히피들이 웃기 시작했다.

"그게 바로 환각이야."

눈을 들어 먼 곳을 바라봤다. 술집이 비뚜름하게 기울어 있었다. 정신을 차리려고 아무리 머리를 흔들어봐도 균형을 잡을 수 없었다. 그들은 "빨리 집에 가라"며 등을 떠밀었다. 서둘러 짐을 챙겨 나왔다.

명동 거리를 걷는데 길 양쪽으로 서 있는 빌딩들이 끝이 맞닿을 듯 휘어져 있었다. 광각렌즈로 찍은 영상과 똑같은 모습이었다. 당시 미도파백화점 앞에 택시 승강장이 있었다. 뛰어가 택시에 올랐다.

"신촌 갑시다."

차가 출발했다. 그런데 운전석을 보니 사람이 아니라 부처가 앉아 있는 게 아닌가. 깜짝 놀라 정신을 차리고 보니 다시 사람이었다.

내가 살던 신촌 단칸 셋방을 간신히 찾아갔다. 문을 열면 부엌이고, 부뚜막 옆의 작은 방문을 열면 방이 나오는 구조였다. 부뚜막에 올라가 문을 열고 방에 들어가자마자 정신이 더욱 혼미해졌다.

방 한가운데 대자로 누웠다. 갑자기 온 세상이 빙글빙글 돌아가기 시작했다. 선녀들이 공중에서 예쁜 음악을 들려줬다. 벽에 걸린 사진은 앞으로 튀어나왔다가 벽 뒤로 들어갔다가, 공중에 빙빙 떠돌아다니기도 했다. 물주전자도 방안을 둥둥 떠다녔다. 어지러워 눈을 감으면 불꽃놀이가 펼쳐졌다. 그렇게 열 시간이 흘렀다. 내가 느낀 가장 환상적인 세상이었다. 대마초도 환각 작용은 비슷했다. 그러나 LSD처럼 컬러풀하지는 않았다. 대마가 평온한 환각이라면, LSD는 화려한 환각의 세상을 만들어냈다.

환각에서 깨어나니 머리가 깨질 듯이 아팠다. 그 뒤로 1주일간은 아무 일도 못했다. 곡도 못 쓰고, 연주도 못했다. 환각의 쇼크는 치명적으로 몸을 망가뜨렸다. 회복 기간은 이루 말할 수 없이 고통스러웠다.

마약을 히피들이 주는 대로 받아먹다 보니 점점 몸은 망가져갔다. 머리가 아파 하루에 판피린 네다섯 병을 먹어야 일상생활이 가능할 지경까지 이르렀다. 그러던 1974년 8월 15일, 육영수 여사가 사망한 날 나도 쓰러지고 말았다. 마약의 힘을 몸이 배겨내지 못하고 아예 뻗어버린 것이다. 다행히 육영수 여사의 사망일이라 업소들이 모두 문을 닫았다.

방에 누워 있는데 갑자기 지미 헨드릭스가 방문을 열고 들어왔다.

'아니, 어떻게 된 일이지. 이미 세상을 떠난 사람인데……'

지미는 나를 물끄러미 쳐다보더니 밖으로 나갔다.

'아, 아직 죽을 때가 안 된 모양이구나……'

죽은 사람이 눈앞에 보일 정도로 제정신이 아니었다.

겁이 덜컥 났다. 마약을 하면 안 된다는 걸 그때 경험으로 깨달았다. 난 사이키델릭 음악의 원류가 궁금해 환각을 체험한 것뿐이었다. 마약에서 탈출하기로 마음먹었다. 하지만 그 과정이 너무 힘들었다. 자꾸 그 세계를 경험하고픈 충동을 느꼈다. 그 순간만큼은 더없이 좋았으니까……. 그러나 이를 견디지 못하고 또다시 마약을 하면 영영 벗어날 수 없을 것 같았다. 후유증이 너무 심각하고 무서웠다. 그 세계를 완전히 떠나야 유혹을 떨칠 수 있다는 확신이 섰다. 히피들과 결별했다.

사실 그 시절에는 널리고 널린 게 대마초였다. 나는 1968년께 대마초를 처음 경험했다. 1972년께야 시중에 대마가 나돌기 시작했다. 가수 몇 명이 내게 "마리화나 아세요?"라고 물었다.

"우리 집에 산더미같이 있어"

난 그들에게 집에서 굴러다니던 마약을 다 줘버렸다. 그래서 나중에 연예인 대마초 사건이 터졌을 때 내가 총책이 되어버렸다. 그때 대마초 따위가 문제가 될 줄도 몰랐다. 나중에 법이 제정되면서 치명적인 타격을 입은 것이다.

8 사이키델릭과 마약

지미 헨드릭스로 대표되는 사이키델릭 음악을 마약에 취해 연주하는 음악으로 알고 있는 사람이 많다. 하지만 실제는 마약을 복용한 듯한 환각 상태의 효과를 만들어내는 음악을 말할 뿐이다.

사이키델릭 음악은 베트남전쟁의 영향으로 생겨났다. 미군은 정확한 지도조차 없는 정글에서 베트콩과 싸워야 했다. 병사들은 죽음의 공포에서 벗어나기 위해 환각제를 찾았다. 미국 사회에 환각제가 넘쳐났고, 일부 음악인이 환각 상태의 느낌을 음악에 반영했다. 록 음악의 연장에서 1960년대 후반 사이키델릭 음악이 탄생한 것이다. 그 문화가 오늘날까지 예술 분야 곳곳에 큰 영향을 미치고 있다.

환각 상태에 빠지면 옷 색깔이 화려해 보이고 음악 소리가 과장되게 울려서 들린다. 사람 얼굴이 찌그러지거나 거꾸로 보이기도 한다. 눈앞에 있는 얼굴이 작아졌다 커졌다 하기도 한다. 사물의 원근이 과장되도록 고안된 광각 렌즈도 사이키델릭의 반영이 아닌가 싶다.

의상 디자인도 획기적으로 달라졌다. 일자형 바지만 알던 사람들이 나팔바지 같은 변형된 아이템을 개발한 것이다. 신시사이저란 악기를 탄생시킨 것도 사이키델릭이다. 정상적인 음만 내는 피아노 소리를 변형해 일부러 찌그러뜨린 음이 나오도록 한 것이다. 사운드를 증폭하는 기계인 이펙터 역시 사이키델릭의 산물이다. 서라운드도 소리가 둥둥 떠다니며 움직이는 환각 상태를 적용한 기술이다. 우리는 환각 상태의 느낌에서 나온 다양한 문화 예술과 기술 속에서 살고 있는 셈이다.

그렇다고 내가 환각제의 효과를 칭송하거나 마약 복용을 찬성하는 것은 절대 아니다. 의도적으로 마약을 경험했던 나는 그 세계에서 탈출하기 위해 엄청난 대가를 치러야 했다. 팔이 부러지면 정상으로 회복되는 데 대략 40일 정도 걸린다고 한다. 두뇌도 마찬가지다. 나는 환각 상태를 '뇌가 일시적으로 찌그러지는 것'이라고 표현한다. 마약을 먹고 찌그러진 뇌가 원상으로 회복되기도 전에 다시 마약에 손을 대면 뇌는 찌그러진 상태로 영영 굳어버린다. 일시적으로 예술적 감수성을 자극할 수는 있어도 정상적인 방법은 아닌 것이다. 약한 환각 상태를 불러오는 대마초도 위험하긴 마찬가지다.

음악을 하는 친구들 중에 마약에 빠져 이상해진 사람도 적지 않았다. 미 8군에서 활동하던 시절 음악인들은 아편 중독자들을 '따통쟁이'라 불렀다.

우리 팀원 가운데 따통쟁이 나팔수가 있었다. 지방 순회공연을 할 때면 팀원들이 한방에 묵는 경우가 많았다. 공연 강행군 등으로 팀원들이 다들 곯아떨어져도 그 양반은 부스럭거리며 늦게까지 잠을 못이루는 날이 잦았다. 식사도 거의 하지 않아 항상 힘이 빠져 보였지만 무대에만 오르면 신명나는 연주를 해댔다.

어느 날 우연히 잠에서 깨어 그 사람이 주사 바늘을 팔에 꽂는 것을 봤다. 상습 마약 중독자였던 것이다. 한번은 공연을 마친 뒤 미군 군악대 색소폰 주자가 무대로 올라왔다.

"연주 실력이 뛰어난데 당신 색소폰 좀 불어봐도 되겠소?"

악기가 훌륭해 연주가 뛰어나다고 생각했던 모양이다. 그는 색소폰을 입에 대고 힘껏 불었다. 그런

___ 사이키델릭 음악에 빠져 있던 1970년대 초반의 필자.

데 소리가 제대로 나질 않았다. 그 양반의 악기는 썩을 대로 썩어버린 낡은 국산이었다. 보통 사람이 불어서는 소리도 나지 않는 것을, 그는 마약의 힘으로 연주했던 것이다. 당시에는 이런 음악인이 적지 않았다.

우리 가족은 평범한 한국의 가정과는 거리가 멀다. 우리 집 사전에, '구속'이란 단어는 없다. 모든 게 '자유'다. 서로 조금도 간섭하지도 않는다. 그저 무소식이 희소식이라고 생각하며 산다.

4 장

사람들 틈에 울고 웃고

① 가수들과의 악연

1970년대 초반이 내 인생에서 가장 바쁜 시기였다. 음반이 두 달에 하나는 나올 정도였다. 게다가 퀘스천스란 밴드를 결성해 미 8 군과 일반 무대를 겸하는 양다리 작전을 펼치고 있었다.

어느 날 가수 지망생인 박인수란 청년이 찾아왔다. 미 8군 무대에 서고 싶다는 것이었다. 그를 테스트하던 나는 입이 떡 벌어졌다.

'아니, 이런 가수가 있었다니……'

그는 흑인보다 흑인 음악을 더욱 잘 소화해냈다. 나는 흑인 솔(soul) 가수로 유명한 템테이션(Temptation) 등의 노래를 박인수 만큼 잘하는 가수를 본 적이 없었다.

즉시 그를 픽업해 무대에 세웠다. 퀘스천스가 일반 무대에 자주 출연하다 보니 그도 자연히 함께 공연할 기회가 많아졌다. 이정화의 음반에 넣었지만 큰 재미를 보지 못했던 〈봄비〉를 리메이크해 부르도록 했다. 그게 엄청나게 성공했다. 박인수의 인기가 하늘을 찌를 듯 순식간에 올라갔다.

그때가 신중현 사단 시기를 통틀어 가장 바빴다. 〈마른 잎〉〈미련〉 등의 노래를 부른 임아영 등 가수를 많이 데리고 있었다. 곡을 쓰느라 바빠 가수 관리를 하기 힘들 정도였다.

호사다마(好事多魔)라고 했던가. 박인수가 뜨고 나니 곧바로 문제가 생겼다. 당시 나는 명동의 한 업소와 장기 계약을 맺었다. 퀘스천스 그룹 멤버에 박인수가 함께 공연한다는 내용이었다. 그런데 공연 첫날 박인수가 나타나지 않았다. 사전에 그와 협의를 하지 않았으니 그로서는 당연한 일이었다. 나도 모르는 사이에 다른 스케줄을 잡은 것이다. 밴드는 소속 가수의 레퍼토리를 주로 연주한다. 심하게 말해서 가수가 없는 밴드는 무용지물이나 마찬가지다. 칼자루는 가수가 쥐는 셈이다. 박인수는 내가 무척이나 좋아하던 가수였기에 안타까움이 더했다.

박인수와 비슷한 시기에 만난 가수 A씨도 나를 어렵게 했다. 그의 의도였는지, 또 다른 이유가 있었는지 아직도 불분명하지만 결과적으로는 그랬다. 가수 활동을 하던 그는 지방의 한 호텔로 나를 초대했다.

"일주일 치 호텔 경비는 모두 제가 책임지겠습니다. 선생님은 신경 쓰지 마십시오."

오랜만의 휴식이었다. 극진한 대접을 받으며 일주일 동안 그를 위해 곡을 써줬다.

퇴실을 하려는데 호텔 측에서 "형식적으로나마 사인을 해달라"고 부탁했다. 아무 생각 없이 서명을 해줬다.

그때 내가 작곡해준 노래들은 엄청난 히트를 기록했다. 동시에 그는 스타가 됐다.

서울에서 한창 바쁘게 활동하고 있는데 느닷없이 법원에서 출두명령서가 날아왔다. 무단취식을 했다는 것이다. 그 가수가 호텔 비용을 계산하지 않은 것이다. 떳떳치 못한 죄명으로 법정에 서는 등 망신을 톡톡히 당했다. 그 사건 이후로 그를 보지 못했다.

스타 반열에 오른 몇몇 가수들과 이와 비슷한 사연으로 인연

__ 밴드 퀘스천스를 결성해 활동하던 때가 필자의 음악 인생에서 가장 바빴던 시절이다. 맨 왼쪽이 필자.

이 끊어졌다. 세상 물정에 어두운 내 탓이었다.

그렇지만 가수들에게 곡은 계속 써줬다. 그들이 돈을 주겠다고 해도 만류했다. 스스로 돈을 마련할 능력이 있었기 때문만은 아니었다. 내가 "노래만 잘하면 된다"고 하면 다들 열심히 했다. 그게 좋았다. 그러나 일단 뜨고 나면 생각이 달라지는 모양이었다. 주변에서 부추긴 결과인지는 알 수 없지만 말이다.

나는 지금도 돈에 얽매여 음악을 한다면 진정한 음악이 완성될 수 없다고 믿고 있다. 당시 난 더 큰 걸 생각했다. 진짜 좋은 음악을 만들어 세계적으로 잘되면 나중에 엄청난 수익을 얻을 수도 있는 게 아닌가. 국내 대중의 주머니만 훑어서 뭐 하나…….

펄 시스터즈 등 여자 가수들과는 서로 너무 바쁘다 보니 사이가 멀어졌다. 밴드 멤버도 수시로 바뀌었다. 그룹과 밴드는 형태가 다르다. 그룹 멤버는 악보대로 연주만 하는 밴드 멤버와는 다르다. 음 하나를 놓고도 어떻게 연주해야 할지 대화하고 의논해야 한다. 그런 의견을 쌓고 개인의 사상과 음악성을 모두 끄집어내 융화시키는 게 그룹의 특성이자 힘이다. 바로 그게 세계적으로 그룹 붐이 일어난 이유이기도 하다.

그러나 그룹을 결성해 음악을 하는 것이 쉬운 일은 아니다. 서로 의견이 맞지 않거나 어느 한쪽의 수준이 받쳐주지 못하면 결별하게 돼 있다. 그러다 보니 수도 없이 많은 그룹을 만들고, 없애며 살아왔다. 사실 그룹 이름들도 다 기억하지 못할 정도다. 가망이 없다는 게 훤히 보이는데 지속할 수도 없고, 그렇다고 내가 일방적으로 끌어갈 수도 없는 노릇이었다. 예술성과 음악성이 기준에 미달되는 멤버와는 마찰을 빚었다. 음악에 대해서라면 지나치게 예민하고 냉정했던 내 성격 탓이기도 했다.

2 김추자의 매니저

〈님은 먼 곳에〉로 스타덤에 오른 김추자가 1970년 말 갑자기 연락을 끊었다. 내겐 상의도 않고 자신의 매니저와 함께 독립한 것이다. 몇 달 동안 소식이 없던 김추자의 매니저가 어느 날 내가 공연하던 서울 명동의 레스토랑으로 찾아왔다. 매니저는 다짜고짜 내게 곡을 내놓으라고 윽박질렀다. 그는 주먹계에서 꽤나 유명한 인물이었다. 상당히 위압적인 태도에 벌컥 화가 났다.

"소식도 없이 사라졌다가 느닷없이 곡을 내놓으란 말이야? 건방진 친구 아닌가."

내 말이 떨어지자마자 그는 테이블 위에 놓인 나이프를 집어들었다.

"그래, 어디 한번 찔러봐라!"

그는 한동안 손을 부들부들 떨면서 내 눈을 주시하다가 나이프를 벽으로 던졌다. 평소 나를 '형님'으로 모시던 게 부담이 된 것이다. 그의 손을 벗어난 칼은 대형 유리창을 깨뜨렸다. 레스토랑 안 분위기가 일순 살벌해졌다. 나는 곧바로 웨이터를 불러 나지막한 목소리로 말했다.

"주방에 가서 사시미 칼 하나 가져오게. 이놈이 날 못 찌르니, 나라도 찔러야겠다. 빨리 가져와!"

그제야 매니저는 내게 사과했다. 그날의 상황은 그것으로 일단락됐다.

집에 돌아와 생각하니 화가 났지만 한편으론 안쓰러운 마음도 들었다.

'젊은 혈기에 오죽하면 그랬을까. 곡을 받고 싶어 하는 추자의 마음을 생각한다면 남자이자 스승으로서 그렇게 해줘야 사랑하는 게 아닌가……. 추자는 어차피 내 제자인데…….'

그래서 다시 건네준 곡이 〈거짓말이야〉였다. 추자의 인기가 한참 더 올라갔다. 서로 바쁜 와중에 또 시간이 흘렀다. 1971년 12월 초 김추자의 매니저가 또 내가 일하는 업소로 찾아왔다. 동료 7~8명을 앉혀놓고 술파티를 벌였다. 한 스테이지가 끝나고 무대 아래로 내려갔다. 그는 내게 비장한 말투로 이야기했다.

"내일 제가 큰일 좀 저지르겠습니다."

"무슨 큰일이냐?"

"내일 아침이면 아시게 됩니다."

"무슨 일인지는 모르겠지만 참고 살자."

그는 그렇게 무리들과 술을 먹다가 돌아갔다.

다음 날 뉴스를 보고 뒤통수를 맞은 느낌이 들었다. 그가 김추자에게 소주병을 휘둘렀다는 내용이었다. 김추자가 자신을 멀리하고 '언니'라는 사람과 함께 다니는 데 화가 나 일을 저질렀다는 것이다.

그런데 하필 사고 며칠 뒤인 1971년 12월 9일 시민회관에서 리사이틀이 예정돼 있었다. 김추자를 불러 설득했다.

"네가 사고당한 건 사람들이 다 알고 있으니 노래는 못 부르더라도 관객에게 인사는 드리는 게 도리인 것 같다."

김추자는 휠체어에 몸을 싣고 얼굴에 붕대를 감은 채 무대에 나와 인사만 하고 들어갔다.

이후 1년 징역형을 살고 1972년 말 출소한 매니저가 나를 찾아왔다.

"왜 그런 짓을 했나. 어리석은 짓을……."

그렇게 꽤 오래 대화를 나눴던 기

__ 김추자는 〈님은 먼 곳에〉에 이어 〈거짓말이야〉로 인기 가도를 달렸다.

억이 난다. 다행히 그 친구는 마음을 많이 잡은 듯했다.

　사실 나는 그 친구 덕을 많이 봤다. 그 시절 연예계는 법보다 주먹이 앞섰다.

　전국 방방곡곡으로 공연을 다니던 신중현 사단도 '주먹세계'에서 자유로울 수는 없었다. 지금이야 명백한 법치국가지만 그때만 해도 무법천지였다. 당시에는 지방 공연을 가면 가수든 연기자든 텃세에 시달려야 했다. 지역마다 주먹들이 터를 잡고 있다 보니 연예계도 험악하기 그지없었다.

　그런데 주먹계에서 힘 있는 사람들이 일을 봐주겠다며 자발적으로 찾아왔다. 신중현 사단의 일을 본다고 하면 주먹세계에서도 위신이 서던 시절이었기 때문이다. 그들이 내 휘하의 매니저로 활동하는 바람에 전국 어디에서든 극진한 대접을 받으며 안전하게 공연할 수 있었다. 그들은 자신들 휘하에 전국적인 망을 갖고 있었기 때문이다. 지방 공연이 끝나면 내 매니저의 후배쯤 되는 이들이 늘 자가용을 대놓고 나를 기다렸다. 그들은 나를 요정으로 데려가 극진히 대접하곤 했다.

　그런 식으로 연예계와 주먹계는 긴밀히 연계돼 있었다. 그러다 보니 여자 연예인이 주먹쟁이와 부부의 연을 맺는 경우도 많았다.

3 첫 이성 교제

신중현 사단은 걸출한 여가수를 많이 배출했다. 그러다 보니 내 여성 편력이 꽤나 화려했던 것으로 종종 오해받곤 한다. 일반 대중과 언론은 물론이고 주변 사람들마저 색안경을 끼고 보긴 마찬가지였다. 여가수들과 함께 있는 시간이 많았기에 그 같은 오해가 생긴 것이다. 나는 신곡을 연습할 때 다른 사람이 끼어들 수 없을 정도로 가수와 붙어 있는 편이다. 욕심이 많아서였다. 음악에 대한 욕심 말이다.

가수에게 음악을 가르치기 위해 여러 가지 방법을 동원했다. 무서운 호랑이 선생님처럼 구는 방법도 있지만 친근하게 접근하는 방법이 더 효과적이라고 생각했다. 특히 사랑과 실연을 소재로 한 노래를 부를 땐 남녀 관계에 대한 이야기를 깊이 나누면서 감정을 이

입시켰다. 말을 곱게 하는 것도 아니었다. 어떤 때는 욕설도 내뱉었고, 야한 말을 입에 담을 때도 있었다. 한 소절을 가지고 30~40분을 붙잡고 늘어지는 경우가 다반사였다. 다들 '하루 종일 붙어 있으면서 그것밖에 연습을 못했나, 대체 둘이서 뭘 한 걸까?' 라며 고개를 갸웃거리곤 했다.

신중현 사단이 전성기를 구가하던 1970년 초. '신중현이 여가수 아무개랑 호텔에서 나오더라' 는 식의 스캔들이 보도된 적이 있었다. 기사를 보자마자 신문사로 달려가서 고래고래 소리를 질러댔다. 호텔 근처에 간 적도 없는데 그런 기사가 나오니 부아가 치밀었다. 그땐 젊었고 성격도 급했다.

결론부터 말하자면 나는 여자를 멀리하는 편이었다. 내가 처음으로 이성을 접한 건 미 8군 무대 생활에 적응해가던 1956년께였다. 미 8군 스케줄이 없는 날에는 지방 공연을 다녔다. 처음 공연을 하러 간 어느 지방에서였다. 한참 연주를 하고 있는데 상당히 예쁜 아가씨가 객석에서 자꾸 나를 뚫어져라 쳐다보는 듯했다. 감은 잡았지만 쑥스러워 눈조차 마주칠 수 없어 연주에만 몰두했다. 고개를 한 번도 들지 못하고 공연을 마쳤다. 공연이 끝나고 밖으로 나왔다. 그 아가씨가 기다리고 있었다. 가까운 다방으로 자리를 옮겨 차를 한 잔 했다.

"서울에 편지할 테니 주소 좀 가르쳐주세요."

___1960년대 중반 방송에 출연한 애드훠. 필자(맨 왼쪽)는
여가수와 일할 때 종종 오해를 받곤 했다.

그녀에게 하숙집 주소를 적어주고는 헤어졌다.

지방 투어 공연을 마치고 서울로 돌아온 어느 날이었다. 미 8군 쇼를 끝내고 자정이 넘어 집으로 가는데 하숙집 뒷문 앞에 누군가가 서 있었다. 여자였다. 섬뜩했지만 어디서 많이 본 얼굴이었다. 그녀였다.

"아니, 이 늦은 시각에 어떻게 여길?"

밤이 너무 깊어 그녀를 돌려보낼 수도 없었다. 할 수 없이 집 안으로 데리고 들어가 함께 밤을 보냈다. 그녀는 고향으로 돌아가려 하지 않았다. 그러나 남들의 시선이 걱정스러웠다. 또 가정생활을 꾸릴 형편도 성격도 못됐다. 그녀를 일부러 피하기 시작했다. 그런데 한 친구가 내게 귀띔했다.

"만취한 어떤 여자가 회사 앞 다방에서 행패를 부리면서 신 형을 찾는데요."

내가 만나주지 않자 내가 소속된 연예회사까지 찾아와 행패를 부린 것이다. 아무 일이 없어 어렵사리 수습은 됐지만 단단히 혼이 났다. 여자가 무서운 존재라는 걸 그때 알았다. 한동안 여자의 그림자까지 조심했다.

④ 동거녀

한동안 여자 문제로 고민하지 않고 순탄하게 지냈다. 미 8군에 서도 날로 인기가 높아졌다. 월급봉투도 두둑해져 당구장에 드나들 며 여유를 부릴 수 있게 됐다. 1957년 어느 월급날이었다. 내기 당 구가 벌어졌다. 게임이 진행되면서 월급봉투가 점점 얇아졌다.

당구장 건너편에 건물이 하나 있었다. 당구를 치는데 이상한 느 낌이 들었다. 건너편 건물에서 어떤 여자가 나를 주시하고 있는 것 이었다. 자꾸 신경이 쓰여 게임이 안 풀렸다. 순식간에 월급을 다 날 렸다.

홧김에 밖으로 나와 무작정 걸었다. 한참을 걷고 있는데 누군가 옆에 따라붙었다. 나를 주시하고 있던 그녀였다. 예쁘장한 얼굴이었 다. 말을 걸어왔다. 자연스럽게 이야기를 나눴다. 통하는 구석이 적

___ 미 8군에서 실력을 인정받아 안정기에 접어든 시절.
필자는 여자 문제로 고충을 겪었다.

지 않았다. 다방에서 차를 한 잔 마시고 기약도 없이 헤어졌다.

며칠 뒤 그녀가 나를 다시 찾아왔다. 다짜고짜 하는 말이 자기 집에 초청하겠다는 게 아닌가. 나야 어차피 임자도 없는 몸, 마다할 이유가 없었다. 서울 청파동 언덕배기를 아무 생각 없이 함께 올라 갔다. 한옥이 한 채 나왔다. 그녀는 사랑채로 나를 안내했다. 밥을 얻어먹고 차까지 잘 마셨다. 그러다 시간이 너무 늦어 자고 가게 됐다. 그 넓은 집에 아무도 없는 것이 이상했다.

"이모랑 살아요. 이모가 어딜 가셨으니 마음 놓고 편히 계세요."

그렇게 밤을 보냈다. 다음 날 아침 누가 볼세라 얼른 그 집을 빠져나왔다. 그녀와 점점 친해졌다. 그녀는 다른 여자들과는 달랐다. 무섭지가 않았다. 게다가 내게 너무 잘 해줬다. 만남이 잦아졌다.

동거가 시작됐다. 남영동에 방 두 칸짜리 집을 얻어 그녀의 이모까지 모셨다.

그렇게 시간이 흘렀다. 어느 날인가 밖에서 싸우는 듯한 소리가 들려왔다.

"아니, 밖이 왜 이리 시끄러워?"

"응…… . 이모 때문에……."

"이모가 왜?"

그녀는 머뭇거리기만 했다. 자꾸 캐물으니 조용히 털어났다. 이모가 돈을 못 갚아 빚쟁이가 찾아왔다는 것이다.

"대체 빚이 얼만데?"

한 달 치 월급 정도 되는 돈이었다. 이튿날 회사에서 가불해 돈을 갚아줬다. 살다 보면 그럴 수도 있는 거라고 생각했다. 한동안 잠잠했다. 그런데 밖이 또 시끄러웠다. 이번에는 다른 일이겠거니 했다. 그런데 이번에도 빚쟁이가 찾아왔다는 게 아닌가. 그 정도 돈이야 신경 쓸 일이 아니었다. 또 가불해 갚아줬다. 그런 일이 세 번째 일어나던 날, 정신이 번쩍 들었다. 낯선 남자가 나 몰래 그 집에 드나드는 것도 알게 됐다. 뭔가 일이 꼬이고 있다는 사실을 직감했다. 그의 이모라던 사람도 사실은 이모가 아니라 어머니였다. 내 돈을 뜯어내기 위해 나를 유혹한 것이었다. 화가 치밀었다.

"이런 식으론 도저히 너랑 같이 못 산다!"

한바탕 퍼붓고는 평소처럼 일을 나갔다가 밤늦게 귀가했다. 다음 날 아침 그녀는 잠자리에서 일어나지 않았다. 이상하다 싶었지만 약속이 있어 외출했다가 몇 시간 뒤 귀가했다. 그때까지도 그녀는 계속 자고 있었다. 흔들어 깨워도 일어나질 못했다. 그녀 머리맡에 놓인 약봉지가 눈에 들어왔다. 아찔했다.

5 잇단 불운

그녀 머리맡의 약봉지……. '자살' 이란 단어가 번뜩 떠올랐다. 그녀를 들쳐 업고 달려 나가 택시를 잡았다.

"병원 갑시다. 아무 데나 가까운 곳으로요."

정신없이 입원 수속을 밟은 뒤 초조한 마음으로 결과를 기다렸다.

"수면제 과다 복용입니다. 그런데 몇 시간 지나면 깰 정도로만 먹었으니 신경 쓰지 마세요."

자살하는 시늉만 한 것이다. 역시나 믿을 수 없는 사람이다 싶어 더 화가 났다. 그 길로 줄행랑을 쳤다. 전축이니 음반 등의 짐도 챙기지 않았다. 아무도 찾지 못할 곳에 숨고 싶었다. 서울 홍제동 근처에 방을 얻어 자취 생활을 시작했다.

그런데 나쁜 일은 꼭 연달아 일어나는 법. 얼마 뒤 타고 가던 버스가 홍제동 고개 옆 개울가에서 전복됐다. 피범벅인 채로 버스에서 간신히 기어 나왔다. 백차가 달려왔다. 당시에는 지프를 하얗게 칠한 경찰차를 '백차'라고 불렀다. 급한 대로 백차에 올라탔다. 백차는 환자 몇 명을 싣고 병원으로 달렸다. 정신을 조금 차리고 보니 오른팔이 덜렁거리는 게 아닌가. 뼈가 부러진 것이었다. 서대문 적십자병원에 입원했다. 부러진 오른팔에는 깁스를 했다. 기타리스트가 팔을 부러뜨리다니……. 사고 소식은 이튿날 신문에도 났다. 그걸 보고 미 8군 회사에서 달려왔다.

"회사 걱정은 말고 우선 안정을 취하게."

다행이었다. 회사가 배려해줘 마음 편하게 지낼 수 있었다. 40일이 지나 깁스를 풀었다. 의사가 톱으로 석고를 질겅질겅 잘라냈다. 두 쪽으로 나뉜 석고 틀을 떼어내는 순간, 내 눈을 의심했다. 팔이 비뚜름하게 붙어 있는 게 아닌가. 피가 맺혀 팔이 부어 있던 상태에서 바로 깁스를 한 게 문제였다. 그 사이에 부기가 빠져 깁스가 헐거워지면서 뼈가 어긋나게 붙은 것이다. 기타를 치기는커녕 오른팔을 도저히 쓸 수 없는 지경이었다. 서대문의 접골원을 찾았다. 방법이 없을까 해서였다.

"이건 다시 부러뜨려서 제대로 붙이는 수밖에 없습니다."

유도를 하는 건장한 사내 셋이 달라붙었다. 반항을 하지 못하도

록 나를 꽉 붙잡았다. 우두둑, 뼈 부러지는 소리가 들렸다. 멀쩡한 뼈를 부러뜨리는 고통에 정신이 혼미해졌다. 그러나 기타리스트에게 팔은 생명 아닌가. 지푸라기라도 잡고 싶은 심정이었다.

　부러뜨린 팔을 똑바로 맞춘 뒤 판자 두 장을 대고 붕대로 감았다. 뼈의 위치가 어긋나지 않게 매일 마사지를 받았다. 그렇게 40일이 또 흘렀다. 다행히 뼈는 제대로 붙었다. 꼬박 80일간을 팔 때문에 고생한 것이다. 그 도중에 영장이 나왔다. 팔이 부러진 상태라 신체검사에 불합격했다. 그래서 군대에도 못 갔다.

___ 젊은 시절 필자는 기타리스트의 생명인
오른팔을 못 쓰게 될까 봐 뼈를 부러뜨리는 고통까지 겪어야 했다.

사고가 난 그 시절이 이교숙 선생님의 음악 수업을 받던 때였다. 팔이 부러진 상태였지만 수업에는 필사적으로 출석했다. 멀쩡한 왼손으로 노트 필기를 하며 공부했다. 워낙 악필인 데다 왼손으로 쓰니 더 봐주기 힘들었다.

두 여자와의 인연이 모두 망가지다 보니 여성에 대한 공포마저 생길 지경이었다. 여자를 멀리했다. 오로지 음악에만 미쳤다.

6 빵점짜리 남편

여자는 두 번 다시 쳐다보지도 않겠다고 마음먹을 정도로 정말 고생했다. 그러나 생으로 뼈를 부러뜨린 오른팔의 상처도 시간이 지나면 낫는 게 이치였다. 뼈가 붙는 것보단 마음의 상처가 아무는 데 더 오랜 시간이 걸리긴 했지만……

1962년 나는 미 8군에서 국내 최초의 4인조 그룹인 '클럽 데이트'를 만들었다. 그 이후 4~6명 정도로 이뤄진 소규모 패키지 쇼가 유행하기 시작했다. 그때 우리나라 최초의 여성 그룹 '블루 리본(Blue Ribbon)'도 생겼다. 나와 마찬가지로 '화양' 소속이었다. 그중 여자 드러머가 유독 눈에 들어왔다. 같은 회사 소속이다 보니 자주 마주쳤다. 음악 이야기를 나누며 저절로 친해졌다. 몇 번의 여난(女難)으로 여자 보는 눈이 엄청나게 까다로워진 나였다. 그런 내

___ 일반 무대와 미 8군 무대를 오가며 바쁘게 활동하느라
아내가 첫 아이를 낳을 때도 함께 있지 못했다.

눈에 들었으니 그녀에 대해 더 설명할 필요도 없을 것이다. 평생 함께하기로 마음을 굳혔다.

미 8군 최초의 여성 드러머 명정강, 지금의 내 아내다. 그러나 나 같은 놈에게 누가 딸을 주겠나. 고아에 딴따라 아닌가. 월급은 꽤 받았지만 죄다 악기와 장비 따위를 사는 데만 쏟아 붓느라 모아놓은 돈도 없었다. 그냥 데려다 사는 수밖에 없었다. 신촌에 월세방을 얻어 살림을 차렸다.

록 음악을 하는 두 사람이 만났으니, 가정 분위기는 처음부터 여느 집과는 달랐다. 나는 매일 자정이 지나 귀가했다. 그러나 그런 사정을 이미 알고 결혼한 아내인지라 군말이 없었다. 이 같은 아내가 내겐 더없이 완벽한 짝이었다.

난 수사자 같은 남편이었다. 영역을 침범하는 놈이 있으면 물어뜯고 싸우긴 해도, 새끼 양육은 철저히 암컷에게 모두 맡겨두는……. 사실 남편으로서는 빵점이었다. 언제부터 같이 살기 시작했는지조차 기억이 가물가물하다. 1964년인가, 1965년인가……. 정신없이 음악만 하느라 처가와 왕래도 거의 없었다. 처가에서 누가 오면 '오나 보다', 가면 '가나 보다' 하는 식이었다. 사람하고 사는 게 아니라 음악하고 살았던 셈이다.

1966년 아내가 첫 아이를 임신했다. 난 일반 무대와 미 8군 무대를 오가며 바쁘게 생활하고 있었다. 여느 날처럼 무대에서 열심히

연주를 하고 있었다. 그때 의형제처럼 지내던 한 형님이 공연 도중
갑자기 무대에 올라와 욕설을 퍼부었다. 영문을 몰라 멍하니 바라볼
수밖에 없었다.

"이 ××야, 네가 사람 ××냐? 네 처는 애를 낳아 병원에 있는
데, 넌 그것도 모르고 음악만 하고 있구나. 어떻게 애비란 작자가 한
번도 병원에 안 들리나!"

워낙 일정이 바쁘고 공연이 늦게 끝나 신경 쓸 여유가 없었다.
게다가 내가 원래 '병원'에는 잘 가지 않는 성격이다. 게다가 산부
인과라니 아예 갈 생각조차 못 해봤는데, 그 형이 나 대신 아내를 도
와준 모양이었다. 실제 나는 아들 셋을 낳으면서 한 번도 병원에 따
라 가본 적이 없다. 정신없이 돌아다니다 집에 들어와 보면 못 보던
아기가 하나씩 누워 있는 식이었다.

7 세 아들

　이리저리 둘러봐도 나만큼 결혼을 잘한 사람은 없는 것 같다. 아이 셋을 제대로 키워낸 게 어디 내 힘이었겠나. 나야 온통 음악에만 미쳐 있었으니 말이다. 그래도 자식들은 나를 못난 아비라고 생각하지 않았던 모양이다.

　세 아들놈 모두 내 뒤를 이어 음악인의 길을 걷고 있다. 그룹 시나위의 리더인 큰아들 대철(기타), 서울전자음악단 멤버인 둘째 윤철(기타)과 막내 석철(드럼)까지. 우리 아이들은 못 다루는 악기가 없다. 그럴 법도 하다. 집안에는 드럼부터 기타까지 온갖 악기가 있었다. 아이들은 어려서부터 드럼으로 장난을 치고 피아노로 놀이를 했다. 좋은 음반도 지천으로 널려 있었다. 손에 잡히는 게 성능 좋은 악기였고, 귀에 들리는 게 고급 음악이었다. 아이들은 초등학생 시절부터 음악적 재능을 보였다. 중학생이 되었을 때는 세계적인 록 기타리스트의 연주를 듣고 그대로 따라할 수 있는 정도의 실력까지 갖췄다. 나는 고등학교 들어가서 겨우 흉내 내기에 급급했는데 말이다. 어려서부터 음악을 접하며 자란 아이들이라 음악을 몸의 일부처럼 흡수했다.

내가 아이들을 붙잡고 직접 악기 연주를 가르친 건 아니었다. 가끔 아이들이 연습하다 끙끙대는 걸 보면 한마디씩 툭툭 던졌을 뿐이다.

"이건 이렇게 해라."

아이들은 작은 가르침으로 큰 걸 깨달았다. 어렵게 뭔가를 찾으려는 단계에서 결정적인 걸 가르쳐줬기 때문이리라. 음악은 단 한 수에 모든 게 풀린다. 무언가를 찾으려 할 때 한마디 해답을 주면 새로운 단계로 급성장하는 것이다.

다행히 아이들이 음악적 소질이 있어서인지 가르침을 잘 받아들였다. 음악하는 부모의 피를 물려받아서인지 음악을 싫어하지도 않았다. 그래서 내버려뒀다.

큰아이와 둘째는 나처럼 기타를 택했지만 막내는 드러머가 됐다. 대철이나 윤철이는 내가 인정할 정도의 기타 연주 기술을 갖고 있다. 막내도 그 정도 실력은 되지만 형들과 싸우고 싶진 않았나 보다. 기타로 형들을 따라잡느니 드럼이 낫겠다고 마음먹은 것 같다. 하지만 지금 셋 중 가장 잘나가는 게 막내 녀석이다.

내 자식들이지만 솔직히 부럽다. 아무런 부족함 없이 음악에 매진할 수 있었으니까. 내 아이들이 자랄 때만 해도 음악을 직업으로 한다면 집안에서 쌍수를 들어 반대하는 경우가 많았다. 아들의 친구들은 하나같이 우리 집안을 부러워했다.

세 아들 다 개성 있는 음악성을 갖추고 있다. 다만 고생을 모르는 게 단점이다. 인간의 아픔과 눈물, 그런 것이 부족하단 말이다. 내가 음악을 하던 시절에는 기타 하나를 사려고 몇 년 동안

___ 필자가 음악을 하던 시절에는 악기 하나를 사려고 해도 피땀 흘려 고생을 해야 했다. 고생을 모르면 나약해지고, 자연히 음악도 힘없이 약해지게 마련이다.

피땀 흘리며 고생했다. 그러나 우리 아이들은 그런 어려움을 모른다. 연주 좀 잘하고 노래 좀 하면 무얼 하나. 고생을 모르면 인간이 가지고 있는 힘이 약해진다. 자연히 음악에도 힘이 없게 마련이다.

하지만 누구나 나름의 어려움은 있는 법인가 보다. 아이들 세대에서는 우리 때와는 다른 차원의 음악적 깊이를 추구한다는 걸 종종 느끼곤 한다.

8 '자유' 가족

내 뒤를 이어 록 음악을 하는 세 아들이 자랑스럽다. 록 음악을 해서는 경제적으로 여유가 있을 수 없다는 단점이 있다. 그러나 나는 차라리 잘된 일이라고 생각한다. 돈에 신경 쓰다 보면 음악이 이상해진다. 순수하게 욕심 없이 해야 진정한 음악이 나오는 법이다. 나는 아들들에게 늘 이렇게 말한다.

"너무 남루한 음악 말고, 깨끗한 음악을 해라."

총명한 음악을 해야 정신적으로도 탁해지지 않는 법이니까…….

요즘 사람들은 쿵쿵대는 리듬의 댄스 음악을 선호한다. 나와 세 아들이 추구하는 록은 멜로디 음악이지 리듬 음악은 아니다. 음악은 역시 선율이다. 선율은 감각을 불러일으킬 수 있다.

한배에서 났지만 세 아들의 음악적 색깔은 각각 다르다. 나름대로 개성이 뚜렷하면서도 통하는 부분이 있다. 아이들이 어릴 때부터 자기들끼리, 때론 나까지 섞여 주거니 받거니 즉흥 연주를 펼치곤 했다. 평소 대화는 별로 없는 부자 사이지만 이 시간만큼은 어느 가족보다 마음이 잘 통한다. 잼(즉흥 연주)은 음악인들의 대화이니 말이다.

"말은 못해도 상관없다. 말보다는 음악으로 표현해라. 말로 할 수 없는 걸 표현하는 게 바로 음악 아니냐."

내 생일 등 가족이 오랜만에 모이는 날이면 아이들과 함께 연주를 하곤 한다. 서울 문정동의 우드스탁을 공연장으로 활용하던 1980~1990년대에는 우리 부자의 연주도 곧잘 무대에 올려지곤 했다. 그러나 최근 2~3년간은 그런 기회가 거의 없었다. 자식들이 모두 30대에 접어들어 독립적인 사회인이 되어 생활을 꾸리다 보니 점점 여유가 없어지는 걸 느낀다. 혹시나 아이들이 인생의 노예가 되지는 않을까, 괜한 걱정을 하기도 한다. 무언가에 얽매인 생활로 자유를 잃으면 인간 본연의 순수함을 잃어버리게 된다는 게 내 생각이다.

우리 가족은 평범한 한국의 가정과는 거리가 멀다. 우리 집 사전에 '구속'이란 단어는 없다. 모든 게 '자유'다. 서로 조금도 간섭하지도 않는다. 그저 무소식이 희소식이라고 생각하며 산다. 남들이

___ 필자의 환갑을 기념해 내 작업실인 우드스탁에 모인 가족들.
왼쪽부터 대철·아내·석철·윤철.

보기에는 콩가루 집안일지도 모른다. 나는 나대로 작업실에서 먹고 자며 20년을 넘게 살아왔고, 아내는 아내대로, 아이들은 또 각자 흩어져 살고 있다. 우리가 모이는 것은 그야말로 연중행사다. 아버님과 어머님 제사, 설날과 추석, 정초, 식구들 생일 등이 공식적으로 모이는 날이다. 사이가 나빠서가 아니라 철학 때문이다. 집안 식구 모두 자유를 추구하는 록 음악을 했기에 가능한 일이다.

그렇지만 항상 외롭긴 외로웠다. 식구들이 집에 있어도 혼자 방에 틀어박혀 기타를 치며 곡을 쓰곤 했다. 내가 곡을 쓸 땐 아무도 감히 건드리지 못했다. 창작을 할 때는 집중력이 필요하다는 게 내 철칙이다. 그런 생활이 습관이 됐나 보다. 가족이 있긴 했지만 나는 늘 음악과 살아왔다. 일흔에 접어드는 지금도 상황은 마찬가지다. 그런데 이상하게도 아쉽지가 않다. 나만의 공간 속에서 은둔하며 명상할 수 있는 삶. 이렇게 살아온 내 인생이 만족스럽다.

무기한 활동 금지를 당한 처지라 어디 가서 돈을 벌 방법이 없었다. 멍했다. 며칠간 집 안에 틀어박혀 있었다. 찾아오는 사람도 없었다. 괜히 혼자 술이나 마시게 됐다. 혹시나 친구들이 반겨주지 않을까 해서 음악하는 사람들이 모이던 충무로의 퍼시픽호텔 커피숍에 나갔다. 그런데 하나같이 싸늘했다.

5장

환희, 그리고 좌절

시중편

1 '찬가'와 〈미인〉

1971년 어느 날 청와대에서 한 통의 전화가 왔다. 박정희 대통령 찬가를 만들라는 것이었다. 한마디로 거절했다. 5분 정도 지나 다시 전화가 왔다. 집권 공화당이었다. 박 대통령을 위한 곡을 만들라고 다시 한 번 강력하게 부탁해왔다. 그 역시 거절했다. 그런 노래를 만들 이유도 생각도 없었기 때문이다. 그러나 이후 압력을 느끼게 됐다. 내 공연장에는 늘 경찰이 단속을 나왔다. 장발 단속도 시작됐다. 머리가 긴 연예인은 텔레비전에 나갈 수 없게 됐다.

청와대의 요구를 거절한 뒤 바로 쓴 곡이 〈아름다운 강산〉이다. 그룹 '더 맨' 시절이었다. 당시 MBC에 전오중이란 PD가 있었다. 그에게 〈아름다운 강산〉을 발표하겠다며 출연을 부탁했다.

"장발 단속 때문에 힘듭니다."

__ 국내 최초의 3인조 그룹 '신중현과 엽전들'은
한국식 록 음악의 전형을 보여주었다.

"단속 기준이 뭐랍니까?"

"귀만 내놓으면 된답니다."

리드보컬 박광수는 삭발을 했다. 나머지 멤버들은 모두 머리핀으로 머리카락을 넘겨 귀를 내놓았다. 그리고 방송에 출연했다. 그 PD 역시 대단한 사람이었다. 머리핀을 꽂은 모습까지 화면에 잡았다. 화면 연출까지 아주 멋지게 처리해 화려하게 곡을 데뷔시켰다. 그 자체가 일종의 반항으로 보였을 것이다. 대통령을 위한 곡은 만들지 않으면서 〈아름다운 강산〉은 보란 듯이 발표하는 게 말이다.

1973년, 더 맨을 해체하고 국내 최초의 3인조 그룹인 '신중현과 엽전들'을 꾸렸다.

'엽전들'이란 밴드 이름은 일부러 한국적이고 토속적인 맛을 내기 위해 붙였다. 엽전에는 여러 뜻이 담겨 있었다. "엽전이 다 그렇지 뭐"나 "한심한 게 엽전이다"고 말할 때 엽전은 바로 우리 국민을 비하하는 은어였다. 속으로 생각했다.

'그래 좋다. 내가 엽전이다. 어디 엽전 맛 좀 봐라.'

한국적인 가락만으로 한국적 록을 제대로 만들어보자고 결심했다. 6개월 동안 고심해서 곡을 썼다. 엽전들 1집은 한국식 록 음악의 전형을 보여준 야심작이었다.

그때 나온 최고의 히트곡이 1974년 발표한 〈미인〉이다. 어린 시절부터 흔히 보아왔던 각설이 타령을 닮은 토속적인 록이다. 미인

원곡은 4분 30초를 넘었다. 그래서 〈저 여인〉이란 곡을 타이틀로 내세워 녹음을 시작했다. 그런데 레코드사에서 "미인을 짧게 만들어 상업적으로 밀어보자"고 제안했다. 그래서 다시 녹음했다. 이 곡은 길거리가 시끌시끌할 정도로 히트했다. 누군가는 미인을 "3000만의 주제가"라고까지 했다. 꼬마부터 노인까지 모르는 사람이 없었다.

"한 번 보고 두 번 보고 자꾸만 보고 싶네"를 구두닦이는 "한 번 닦고 두 번 닦고……", 웨이터는 "한 번 나르고 두 번 나르고……"로 바꿔 불렀다. 자기 신세에 맞게 얼마든지 끼워 맞출 수 있었다.

지금 생각해도 너무하다 싶을 정도로 인기였다. 그 시절 100만 장이나 팔렸으니 말이다. 얼굴을 알아본 동네 꼬마들이 미인을 부르며 내 뒤를 졸졸 따라다녔다. 그러나 공교롭게도 최고의 인기를 맛본 나는 곧바로 끝없는 나락으로 떨어져야 했다.

2 대마초 사건

1975년 7월. 〈미인〉에 방송 및 판매 금지 조치가 내려졌다. 당시 문화공보부의 '공연활동 정화방침'에 따라 예륜(한국예술문화윤리위원회)의 가요 심의에 칼바람이 불기 시작한 것이다. 그에 한 달 앞서 〈거짓말이야〉가 먼저 금지곡 목록에 포함됐다. 두 차례 심의로 내가 지은 곡 가운데 15곡이 족쇄를 차게 됐다.

같은 해 8월에는 방송윤리위원회에서도 재차 〈미인〉을 금지곡으로 묶었다. 가사가 저속하고 퇴폐적이라는 이유였다. "한 번 보고 두 번 보고 자꾸만 보고 싶네"가 "한 번 하고 두 번 하고……"라는 식으로 바뀌어 불리는 바람에 성적인 상상력을 불러일으킨다나. 그렇지만 실은 대학가에서 대통령의 장기 집권을 풍자하는 의미로 불린 것이 이유였다고 한다.

금지곡이 늘어나자 불안해졌다. 금지곡은 이후 일어날 사건을 예고하는 불길한 징조였다.

그해 12월 초 녹음이 끝나고 여느 때처럼 집으로 돌아갔다. 그런데 집 앞에 못 보던 사람들이 진을 치고 있었다. 보건사회부와 검찰 직원이라고 했다. 연예인 대마초 사건이 터진 것이다.

1960년대 말 나는 사이키델릭 음악을 탐구하기 위해 미국의 히피들과 어울렸다. 가방 속에 대마초를 꽉꽉 채운 그들과 말이다. 그 세계를 한동안 경험해보긴 했지만, 마약에 빠져서는 음악 작업을 할 수가 없어 딱 끊어버렸다. 그리고 남아 있던 대마초는 그냥 달라는 다른 가수들에게 다 줘버렸다. 그 시절에는 그게 문제가 될 줄 몰랐다. '습관성의약품관리법'이 제정되기 훨씬 전이었으니 말이다. 후배 가수들에게 대마초를 건네준 탓에 공급책으로 걸려들었다.

조사가 시작됐다.

"누구한테서 마약을 구했나?"

"미국 사람들한테서 얻었습니다. 조지랑 마이클이요."

"왜 미국 사람 이름을 대나. 누가 마약을 줬나?"

"조지, 마이클 맞는데요. 지금은 미국으로 돌아갔죠."

당시 서울 남산의 여성회관 지하층은 고문 장소로 유명했다. 거기에 끌려가 물고문까지 당했다. 파김치가 됐다. 신문에 대문짝만하게 기사가 났다. "한 번 피고 두 번 피고……마약범 신중현 잡히다."

__ 불후의 히트곡 〈미인〉이 담긴 '신중현과 엽전들' 1집.
이 앨범에 담긴 열 곡 중 일곱 곡이 이후 금지곡으로 지정됐다.

〈미인〉으로 인기 절정에 있던 내 구속 소식은 시중의 엄청난 화
젯거리였다. 거기서 그치지 않았다. 정신병원까지 끌려갔다. 그래야
사건이 더 커지니까…….

정신병자랑 섞여 있다 보니 무엇이 정상이고 무엇이 이상한 것

인지 구분이 되질 않았다.

"야 이 XX야, 너는 정신병자야. 의사가 그러는데, 너는 완전히 돌았대."

"야 임마, 너는 더 정신병자야. 더 미친놈이란다."

정신병자들은 이런 식으로 서로 상대방이 정신병자라며 싸워대 곤 했다. 병원에는 나처럼 대마초로 잡혀 들어온 사람도 있었다. 한 번은 병상에 걸터앉아 있는 그의 다리를 간호사가 발로 툭 치며 지 나갔다. 옆으로 비키라는 뜻이었다. 그 친구가 벌컥 화를 냈다.

"여보세요. 저는 정신병자가 아니에요. 대마로 들어온 사람인데 왜 발로 치면서 미친 사람 취급을 합니까?"

간호사의 대꾸가 기가 막혔다.

"이 사람 또 약 먹을 시간이 됐네……."

3 정신병원에서 감방으로

한 친구가 내게 조용히 말했다.

"저 앞에 앉은 사람 좀 보세요."

"왜요?"

"저 사람, 정신병자도 아닌데 여기로 잡혀왔어요."

머리도 좋고 박사학위도 있는 지식인인데 무언가 잘못돼 잡혀 들어왔다는 것이다.

그는 안경을 쓴 채 두툼한 책을 읽고 있었다. 그런데 우리의 대화를 듣고는 갑자기 책을 덮고 일어나 화장실로 들어갔다. '철퍼덕 철퍼덕' 걸레를 빨더니 복도를 닦기 시작했다. 마치 '나는 정상인이 맞습니다'라고 증명하는 듯한 모양새였다.

그러나 내가 볼 땐 그런 행동 자체가 정상적이지 않아 보였다.

그곳에선 자신이 정신병자가 아니라고 떠드는 것 자체가 정신병으로 통했던 것이다. 덜컥 겁이 났다.

'나도 저렇게 되는 것 아닌가……'

거기서 그렇게 있다간 영락없이 정신병자가 될 판이었다.(1975년에 나온 영화〈뻐꾸기 둥지 위로 날아간 새〉는 당시 내가 상상하던 공포를 그대로 표현하고 있다. 나중에 그 영화를 보고는 정신병원에서 꾸었던 악몽이 떠올랐다.)

사방을 둘러봤다. 혹 탈출할 구멍은 없는지 샅샅이 뒤졌다. 아무리 봐도 빠져나갈 구멍이 없었다. 사방은 온통 쇠창살로 막혀 있었다. 밖으로 메시지를 보낼 방법도 없었다. 난감했다. 별별 생각이 다 들기 시작했다.

'내가 대통령 찬가를 만들지 않아서 이렇게 됐나……'

정신병자가 아니라는 의사의 판정을 기다리는 수밖에 없었다. 환자들과는 어울리지 않았다. 그 친구들이 말을 걸어와도 "그러냐"는 식으로 간단히 대꾸하고 말았다. 조금이라도 불안한 모습을 보이면 가차 없이 병원에 갇힐 것 같았다. 정신을 차릴 수밖에 없었다.

일주일 만에 병원에서 석방됐다. 아마 일주일이 관찰 기간이었던 모양이다. 포승줄에 묶인 채 검은색 지프에 실려 서울구치소로 이송됐다. 마음이 편안했다. 정신병원에서 나가는 것만으로도 살 것 같았다. 병원에서 보낸 일주일은 '내 생애 가장 공포스러운 일주일'

이었다.

눈앞에 험악하게 생긴 커다란 철문이 나타났다.

"꽝!"

문이 열렸다. 열린 문을 지나 건물 안으로 들어갔다.

"꽝!"

뒤통수를 때리는 철문 닫히는 소리. 그 소리마저 경쾌하게 들렸다. 어딘들 정신병원보다는 나은 세상일 테니……

대기실인 듯한 큰 방에 들어갔다. 절도범·강간범 등 온갖 범죄인들이 섞여 있었다.

"아이고, 이거 신중현 씨 아닙니까?"

그들은 내 얼굴을 알아봤다. 이목이 온통 내게 쏠렸다. 그들은 이런저런 질문들을 했다. 묻는 대로 대답해주다 보니 그럭저럭 시간이 흘렀다.

그중 누군가가 말했다.

"신중현 씨, 이제 잘 시간이 됐으니 불 좀 *끄쇼*."

"스위치가 어디 있습니까?"

"저기 화장실로 가봐요."

아무리 찾아봐도 스위치가 보이지 않았다. 내 행동을 지켜보던 그들이 "킥킥" 웃기 시작했다. 구치소에서는 불을 *끄는* 법이 없었다. 신참인 나를 골탕 먹인 것이다.

___ 정신병원과 감방을 전전하며 시대에 저항한 대가를 톡톡히 치러야 했다.
그 시절 생각을 하면 지금도 마음이 무겁다.

이튿날 희대의 살인범 김대두를 만났다. 그는 1975년 가을 두 달 동안 17명을 무참하게 살해해 전국을 공포에 몰아넣었던 인물이다. 원래 살인범은 면회가 금지돼 있었다. 그런데 그가 죽기 전에 나를 보고 싶다고 요청한 것이다.

간수들이 머무는 작은 방에 들어갔다. 쇠난로 옆에 앉았다. 연쇄 살인범 김대두가 들어왔다. 온몸이 밧줄로 꽁꽁 동여매어져 있었다. 밧줄에 가려 얼굴이 보이지 않을 정도였다. 나와 마주 앉았다. 눈빛에서 살기가 느껴졌다. 섬뜩했다. 그가 입을 열었다.

"내가 신중현 씨 팬이라 꼭 만나보고 싶었소."

잠시 침묵이 흘렀다.

"사람은 대체 왜 그렇게 많이 죽인 거요?"

별로 할 말도 없고 해서 평소 궁금해하던 걸 물어봤다.

"홧김에 죽였소. 내가 전과자인데 사회에 돌아갔더니 취직도 안 되고 사람들이 벌레 보듯 해서요."

"그래도 그렇게 사람을 죽이면 쓰나⋯⋯."

"밥이라도 먹을 수 있었으면 그런 짓은 하지 않았을 거요."

살인 동기가 너무 단순해 놀랐다. 살인을 했다면 뭔가 큰 이유가 있을 거라 생각했는데⋯⋯. 사회가 사람을 받아주는 게 그만치 중요하구나⋯⋯. 구치소의 첫 인상은 그렇게 강렬했다.

며칠 뒤 정식으로 방을 배정받았다. 대도 조세형과 한방을 쓰게 됐다. 원래 세 명이 쓸 방에 일곱 명이 수감됐다. 옆으로 몸을 세워 칼잠을 자야 했다. 나는 그 방에서 '범털'이었다. 범털은 돈이 좀 있어 감방의 살림을 대주는 사람이다. 범털은 방에서 제일 따뜻한 상좌를 차지했다. 작은 물건 따위를 훔쳐 들어온 사람들은 '개털'이었다. 그들은 철새처럼 형무소를 드나들었다. 여름에는 밖으로 나다니다 추운 겨울을 감방에서 나려고 일부러 일을 저질러 잡혀 들어오는 경우도 있었다. 조세형은 '주방장'이었다. 주방장은 간식 분배를 맡았다. 그의 승낙 없이는 간식을 먹을 수 없었다. 조세형은 돈은 없었지만 간 큰 절도범인 데다 성격이 활달했기에 주도권을 잡았던 게다. 감방에서 만난 젊은 시절의 조세형은 상당한 미남이었다.

감방 안 선반에는 먹을거리가 차곡차곡 놓여 있었다. 그중 크림 건빵 맛은 아직도 잊혀지지 않는다. '버터'에 설탕을 개서 반으로 쪼갠 건빵에 발라 먹으면 꿀맛이었다.

감방에선 '빵기통(변기)'을 사용하는 데도 순서가 있었다. 커다란 뚜껑이 달린 플라스틱 통이 변기였다. 방구석에 놓인 변기에서 아침이면 범털부터 개털까지 순서대로 일을 봤다. 방안에 변기가 있으니, 그 냄새가 어딜 가겠나. 차례를 기다리는 동안 전부 수건으로 코를 막고 앉아 있었다. 특히 지독한 냄새를 풍기는 사람이 하나 있었다. 그의 차례가 오면 모두 코를 막고 바닥에 엎드렸다. 지옥이 따로 없었다. 지금이야 웃으며 추억할 수 있지만……

여가 시간이면 하루에 한 명씩 돌아가며 무용담을 늘어놨다. 조세형은 역시 대담했다.

"청계천 상가들이 밤에는 셔터를 내리잖아. 방범대원들은 그 옆에서 드럼통에 불을 피워놓고 추위를 쫓지. 그럼 나는 일행이랑 커다란 트럭을 몰고 가는 거야. 손에는 물건을 체크하는 척 가짜 서류를 들고 '오라이 오라이' 하며 트럭의 짐칸을 가게 앞으로 대게 하지. 그럼 방범대원들도 그냥 '물건 실으러 왔나 보다' 하고는 신경을 안 써. 그럼 한 녀석이 내려와 펜치로 딱 한 번만에 자물쇠를 잘라버려. 셔터를 올리고 물건을 트럭에 때려 싣는 거지. 그러곤 유유히 떠나면 끝이야……"

4 출소

감방 동료들은 하루에 한 사람씩 돌아가며 자신의 화려한(?) 전력을 털어놨다. 처음에는 재미있게 들었다. 그런데 한 바퀴 돌고 나서부터 짜증이 났다. 토씨 하나 틀리지 않고 똑같은 이야기를 반복하는 게 아닌가. 늘 같은 이야기를 질리지도 않고 주고받는 걸 듣고 있는 게 내겐 징역이었다.

그들은 남의 집을 털면서도 잡혔을 때는 어떻게 할지 전혀 생각하지 않고 일을 저질렀다. 사자가 덫에 걸리듯, 대개가 장물아비를 통해 꼬리를 잡힐 텐데 말이다. 내가 보기에는 해봐야 틀림없이 들통 날 짓을 굉장히 열심히 하고 있는 모양새였다.

감방 생활에 익숙한 이들은 사회에서 활동할 수 있는 기력을 잃어버린 것 같았다. 소매치기로 들어왔다 나간 친구는 얼마 있다 다

__ 구치소에서 나왔지만 먹고살 일이 막막했다. 반겨주는 사람도
찾아오는 사람도 없어 집 안에 틀어박혀 술이나 마시며 세월을 보냈다.

시 들어오고, 폭행으로 들어온 사람은 또 폭행으로 잡혀 들어오는 식이었다. 이들은 감옥으로 돌아오면서 마치 자기 집에라도 오는 듯 즐거워했다. 그들이 웃으며 손을 흔들면 감방에서 기다리던 사람들도 손을 흔들어 환영해줬다. 그만큼 감옥이 편안하게 느껴지는 것일 게다. 나도 그렇게 되지는 않을까⋯⋯. 그런 걱정도 피할 수 없었다.

아내에게 책을 넣어달라고 부탁해 독서에만 몰두하며 마음을 다스렸다. 그때 장자와 노자의 책을 읽게 됐다. 노자와 장자는 이후 내 사상의 근간을 이뤘다.

구치소 생활 4개월 만에 집행유예로 출소했다. 집사람은 밖에서 내 재판이 늦게 진행되도록 손을 쓰느라 바빴다. 아무래도 연예인 대마초 사건이 좀 잠잠해진 뒤에 재판을 해야 형량도 가벼워질 거라고 판단했던 모양이다.

구치소에서 나왔지만 난 갇힌 몸이나 다를 바 없었다. 문공부에서는 대마초 사건에 연루된 연예인 54명에 대한 제재 지침을 내렸다. 내 경우는 무기한 활동 정지였다. 내 자유는 영원히 저당 잡힌 꼴이었다.

출소 후 자주 가던 식당에 들렀다. 주인 아주머니가 나를 반겼다.

"신중현 씨가 잡혀 들어가니 서울 시내가 조용합디다."

그럴 만도 했다. 온 동네방네를 떠들썩하게 했던 내 노래가 금지곡이 됐으니⋯⋯.

감방에 있을 때는 거기서 나오기만을 바랐다. 그런데 막상 나와 보니 집안이 엉망이었다.

가족은 집행유예로 나를 풀려나게 하려고 집까지 팔았다. 좁은 셋방에 옹기종기 모여 지내는 신세가 됐다. 당장 끼니를 해결할 돈도 없었다. 그런데 무기한 활동 금지를 당한 처지라 어디 가서 돈을 벌 방법이 없었다. 멍했다. 며칠간 집 안에 틀어박혀 있었다. 찾아오는 사람도 없었다. 괜히 혼자 술이나 마시게 됐다. 혹시나 친구들이 반겨주지 않을까 해서 음악하는 사람들이 모이던 충무로의 퍼시픽 호텔 커피숍에 나갔다. 그런데 하나같이 싸늘했다. 나를 힐끗 쳐다보며 자기들끼리 수군대는 소리가 들렸다.

"신중현이는 이제 끝났어……."

울화통이 치밀었다. 나를 거쳐간 음악인이 태반이고, 내 영향을 받아서 음악을 하는 이들이 거의 다였는데 말이다. 별 볼일 없던 어느 가수가 혀를 차며 동정어린 시선을 건네기도 했다. 한 인간의 자존심이 완전히 무너지고 있었다.

5 활동 금지 여파

레코드사 사장들도 나를 외면했다. 내 음악 덕분에 돈방석에 앉은 그들이건만, 한 푼도 보태려 하지 않았다. 자존심이고 뭐고 다 버리고 "식구들이 굶고 있으니 쌀값이라도 꾸어달라"고 부탁했는데도 말이다. 내가 스타급 매니저로 길러준 한 친구가 있었다. 하도 상황이 절박해 그에게도 아쉬운 소리를 했다.

"그럼 제가 쌀이라도 좀 보내드리겠습니다."

큰소리를 치고 가더니 감감 무소식이었다. 두어 달 그런 일을 숱하게 겪다 보니 울화가 치밀었다. 술병만 붙들고 있었다. 비참하고 괴로웠다. 너무 답답한 나머지 아내에게 괜히 소리까지 질러댔다.

"당신이라도 어디 가서 돈 좀 구해와!"

그렇다고 아내가 어디서 돈을 빌릴 데나 있겠는가. 그저 홧김에 구박을 했던 게다. 그 일을 생각하면 아직까지도 가슴이 미어진다. 아내에게 큰 상처가 됐을 테니…….

그렇게 절망으로 치닫던 시절, 누군가가 내 악기를 사겠다고 제안했다. 나는 좋은 악기와 장비를 많이 갖고 있었다. 세계적으로 유명한 마샬 앰프도 당시 국내에선 나만 갖고 있었다. 요즘 나오는 마샬과는 비교도 할 수 없을 정도로 좋은 것이었다. 팔고 싶은 생각은 전혀 없었지만, 급하니 어쩔 수 없었다. 내 처지를 알고 있는 그는 야비하게 말도 안 되는 헐값을 불렀다.

"알았으니 돈이나 내고 가져가시오."

그런 식으로 악기를 하나씩 팔아치웠다. 아내는 집은 팔았어도 나를 생각하는 마음에 악기에는 손을 대지 않았었다. 나도 식구들도 모두 심란해졌다. 음악은 내 모든 것, 내 생명인데 '활동 금지'란 조치가 나를 식물인간으로 만들었다.

낚싯대를 벗 삼아 밖으로 나가기 시작했다. 새벽부터 낚시터에 나가 하루 종일 앉아 있다가 저녁에 되돌아오는 생활이 반복됐다.

바늘구멍만한 희망조차 없었다. 조그마한 빛줄기라도 보여야 방향을 잡을 수 있을 텐데 말이다. 타락 직전까지 갔다. 그러던 어느 날 방구석에 쳐박혀 있던 《장자》가 눈에 띄었다. 무위자연……. 모든 걸 버림으로써 얻을 수 있다는 장자의 사상에서 큰 위안을 얻었다.

___ 활동 금지는 음악인인 필자의 생명줄을 끊어버렸다.
사진은 기타 연주에 몰입한 젊은 시절의 필자.

'명예욕과 물욕을 버리고 자연으로 돌아가면 천하도 얻을 수
있다.'

마음을 다잡을 수 있는 커다란 암시가 그 책에 들어 있었다.

모든 걸 다시 생각하게 됐다. 집착하면 괴롭지만 버리면 편안해
지는 것. 욕심이 남아 괴로울 뿐이었다. 마음이 편안해졌다. 조금씩

마음을 잡게 됐다. 그러던 중 미 8군에서 연락이 왔다. 클럽 책임자였다.

"요즘 뭐 하고 있습니까?"

"아무것도 할 게 없어 가만히 있지 뭘 하겠습니까."

"신 형 이야기를 많이 들었습니다. 미 8군에 들어와서 음악을 하시죠. 우리가 보호해줄게요. 어차피 여기는 대한민국 영내가 아니니 활동 금지랑도 상관없고……."

"그런데 이젠 같이 음악을 할 사람도 없는데……."

혼자라도 좋다고 했다. 급히 기타 하나 들고 그리로 갔다. 출소하고 1년쯤 흐른 1977년 초였다.

6 음악계 복귀

혼자서 기타를 연주한다는 게 쉽지 않은 일이었다. 자칫 초라해 보일 수 있기 때문이다. 나 자신도, 보는 사람도 마찬가지였다. 관객들은 과거 미 8군 무대에서 보여준 화려한 내 모습을 기억하고 있었다. 당시에는 많게는 20명까지 구성된 밴드가 화려한 사운드를 들려주지 않았던가. 그럭저럭 6개월 정도 거기서 나오는 돈으로 먹고 살 수는 있었다. 그러나 오래 버티지 못할 것 같았다.

그즈음 또 다른 제의가 들어왔다. 오산 미군 K55비행장 앞의 송탄 기지촌이었다. 미 8군 오산비행장이 생겼을 때 송탄은 황무지였다. 오산 기지는 상당히 큰 부대였다. 당연히 음악에 대한 수요도 많았다. 거기서 일하던 한국 밴드 멤버들이 송탄에 땅을 사서 집을 짓고 클럽을 열었다. 송탄은 음악인들이 정착해 살면서 점차 도시의 모습을 갖춰갔다. 거기서 활동하던 한 친구가 내게 연락을 한 것이다.

"어차피 여기는 미국인들만 드나드는 클럽이니 상관없을 거야. 조용히 와서 활동하게."

거기는 미 8군 영내처럼 대한민국 법이 통하지 않는 곳은 아니었다. 그러나 미국 사람들만 상대하는 클럽이라 단속의 손길은 미치지 않았다. 오랜만에 밴드를 결성했다. 나와 함께 연주를 하고 싶어하던 젊은 친구들을 끌어 모았다. 그 친구들이 나중에 방송국의 음악단장을 맡는 등 비중 있는 인물로 성장하기도 했다. 비밀리에 활동했기 때문에 밴드 이름도 없었다. 그렇게 해금될 때까지 4년을 버텼다.

끝나지 않을 것 같던 유신 시절이 막을 내렸다. 정권이 바뀌자마자 '신중현과 뮤직파워'를 구성했다. 세상이 달라졌으니 내 운신의 폭도 넓어지리라 생각해 연습에 들어간 것이다. 1979년 12월, 연예활동 금지 조치가 일제히 풀렸다. 나 역시 자유의 몸이 됐다.

뮤직파워는 9인조 대형 그룹이었다. 혼(관악기) 섹션이 세 명이고 가수도 둘이나 됐다. 5년 만에 화려하게 복귀한 것이다. 대통령 찬가 작곡을 거부하고 보란 듯 작곡했던 〈아름다운 강산〉. 뮤직파워는 그 곡을 다시 힘차게 불렀다. 방송에서 출연 요청이 이어졌다.

그 시절에는 나이트클럽이 성행했다. 뮤직파워로 활동을 재개

했더니 모든 나이트클럽에서 스카
우트 요청이 들어왔다. 다시 전성
기 시절로 돌아간 것 같았다.

거금을 받고 대형 나이트클럽
한 곳과 계약했다. 첫날 연주를 하
는데 웨이터가 무대 앞으로 와서
손가락질을 해댔다.

"너무 느려서 춤을 못 추겠대
요. 빠르게 좀 해주세요. 손님들
발이 음악에 안 맞잖아요."

___ 신중현과 뮤직파워의 1집 앨범
재킷. 필자는 활동 금지에서 풀린 뒤 9인조 밴
드를 결성, 가요계에 복귀했다.

어린 녀석이 손가락질을 해대며 음악 탓을 하니, 내 성질에 가
만히 있을 수 없었다. 나도 대놓고 소리를 질렀다.

"너 대체 뭐 하는 놈이냐!"

계약상으로는 매일 한 시간씩 공연하기로 정해져 있었다. 그러
나 도저히 그 시간을 채울 자신이 없었다.

"악기 싸라."

멤버들을 몽땅 데리고 무대에서 내려왔다. 한동안 분이 풀리지
않았다.

7 '뮤직파워' 해체

어딜 가나 "손님들 스텝에 맞지 않는다"며 내 음악을 타박하긴 마찬가지였다. 나이트클럽에서는 '춤추기 좋은 음악'을 요구했다. 수모도 여러 번 겪다 보니 차차 적응이 됐다. 더 이상 웨이터와 싸움질은 하지 않았다. 그러나 나이트클럽 업주들은 우리 팀을 한 달 정도 고용하고 곧바로 내치곤 했다. '신중현'이란 이름 석 자를 클럽 홍보용으로 쓴 것이다. 그 한 달간의 홍보 기간이 지나면 싸구려 밴드가 우리 뒤를 이어 무대에 섰다.

활동금지로 발이 묶여 있는 동안 음악계 판도는 완전히 바뀌어 있었다. 5년의 세월이 결코 짧지 않았던 것이다. 그 시절에는 디스코 음악이 대세로 자리 잡고 있었다. 디스코는 정권을 비판할 여지가 없는 음악이었다. 그저 생각 없이 리듬에 맞춰 춤을 추는 음악이니 규제할 이유도 없었다. 당시의 디스코 음악에는 '음악성'이라 부를 것이 조금도 없었다. 음악인들 사이에선 '발 맞추는 음악'으로 통했다. 베이스 라인이나 드럼 모두 행진곡처럼 '쿵쿵쿵쿵' 하고 일률적인 리듬을 타기만 하면 됐다. 록의 '쿵쿵 딱 쿵쿵 딱' 하는 등의 멋을 살리는 리듬이라곤 찾아볼 수가 없었다. 음악적 수준이 고만고만하다 보니 밴드의 실력은 별로 중요하지 않았다. 쇼 무대도 음악성보다는 그저 화려한 의상이나 쇼맨십만 강조하는 방향으로 바뀌었다.

아무나 음악을 할 수 있는 시대가 온 것이다.

나이트클럽은 내 자존심에는 어울리지 않는 무대였다. 그러나 대중의 취향은 이미 디스코 음악으로 옮겨져 있었다. 1982년, 결국 뮤직파워는 결성 2년 만에 해체됐다.

우울했다. 디스코 음악만이 판치는 와중에 록 음악의 미래를 찾을 길이 보이질 않았다. 다시 모든 걸 잃어버린 상태가 된 것이다.

연예인 대마초 사건을 비롯한 가요정화운동은 그저 몇몇 연예인들의 인생만 암흑 속으로 몰아넣은 게 아니었다. 그 사태로 한국 대중음악은 10~20년 전으로 되돌아갔다. 내 전성기 때는 쏙 들어갔던 트로트가 다시 라디오를 점령하기 시작했다.

나는 1970년대 초 일본에서 스카우트 제의를 받은 적이 있었다. 신중현 사단이 막 꽃을 피우기 시작할 때였다. 사실 일본에서 활동

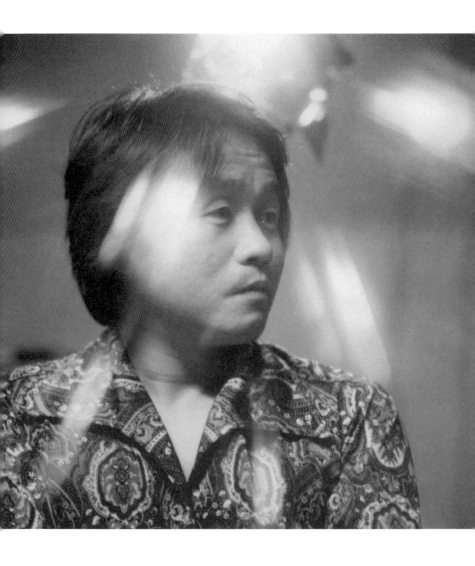

___ 신중현과 뮤직파워로 야심차게 가요계에 복귀했지만
디스코 음악이 판치는 현실의 벽은 높았다. 신중현과 뮤직파워 활동 당시 필자.

하고 싶은 마음도 있었다.

"원한다면 섬을 사주겠다. 헬리콥터도 사주겠다."

그들은 파격적인 대우를 약속했다. 그러나 귀에 들어오지 않았다. 일본인으로 귀화하라는 조건을 달았기 때문이다. 한마디로 거절했다.

'한국의 대중이 내 음악을 좋아하는데 어떻게 신중현이란 이름을 버리겠는가.' 이런 생각에서였다. 결과적으로 해외로 진출할 수 있는 마지막 기회를 차버린 셈이 되긴 했다. 그러나 후회는 없다.

그때만 해도 일본의 음악 수준이 우리보다 나을 게 없었다. 오히려 우리가 앞서 있었다. 그러나 지금은 어떤가. 음악성과 음악적 다양성, 연예 활동 시스템까지도 일본은 멀찌감치 우리를 앞서 있다. 1970년대 중반 이후 급격한 경제 성장이 이뤄지면서 천박한 향락문화가 판친 영향도 크다고 생각한다. 흥청망청 마시고 춤추며 노는 놀이음악이 주류가 됐다. 그런 틈바구니에서 진정한 음악과 예술이 설 자리는 없었던 것이다.

6장

내 기타는
잠들지 않는다

나는 촌스러워 보일지언정 꾸미지 않는 순수함, 심지어 투박함을 좋아
한다. 그러나 사회는 그렇게 돌아가지 않는 것 같다. 그러니 난 사회에는 별
로 어울리지 않는 사람이다. 가끔은 지금처럼 속세를 떠나 한가로이 있는
게 낫다는 생각이 든다. 덕분에 이렇게 시골에서 어떤 음악을 할 것인지 구
상하는 여유도 부릴 수 있다. 그래서 내 기타는 잠들지 않는 것이다.

1 세 나그네

당시 디스코 음악을 비롯한 상업적 음악이 유행한 것은 세계적 추세이기도 했다.

상업성을 추구하는 미국음악이 대중음악의 주도권을 잡으면서다. 1980년대 이후 세계적으로 록 음악이 사양길에 접어들었다. 대신 품위가 사라진 '거친 록'이 등장했다. 문신을 새기고 머리를 돌려대며 파워와 근육을 과시하는 헤비메탈. 요란한 조명으로 화려하게 장식한 무대, 화려한 사운드가 특징이었다.

나 역시 무대 매너와 쇼맨십을 중시하긴 했지만 음악성이 먼저였다. 귀보다 눈을 현혹시키는 데 급급한 음악은 본말이 전도된 것이 아닌가.

이쪽을 봐도 저쪽을 봐도 답답했다. 마음이 맞는 친구들과 음악

여행을 떠나기로 했다. 1983년 이남이(베이스), 서일구(드럼)와 함께 '세 나그네'를 결성했다. 내 봉고차에 악기를 때려 싣고 무작정 산으로 들어갔다. 산으로 들로 바다로 돌아다니며 곡을 썼다. 그러다 보니 곡도 〈길〉이니 〈나〉니 〈바다〉 등 자연을 노래하는 것이 대부분이었다. 대중성과는 더더욱 거리가 멀어질 수밖에 없었다. 4개월여를 그렇게 떠다니며 음반을 하나 준비했다.

역시 제작자들은 판 내기를 꺼렸다. 상업성이 없을 게 불 보듯 훤했기 때문이다. 우여곡절 끝에 음반은 나왔다. 물론 돈은 한 푼도 못 받았다. 대중에게도 별다른 호응을 얻지 못했다. 그나마 지금까지도 그 음악을 기억하고 좋아하는 사람들이 제법 많다는 데서 위안을 찾는다.

1980년대는 그랬다. 음악을 다시 할 수 있게 됐는데 마치 날개가 꺾인 새처럼 기력이 없었다. 아직까지도 그 여운이 남아 있다. 그렇게 지금까지 흘러온 것이다. 나는 어느새 늙어버렸다.

내 음악에서 희망을 찾지 못해서였을까. 아이들에게서 미래를 찾기 시작했다. 1980년대에 중·고등학교를 다니고 있던 세 아들은 친구들과 록그룹을 만들었다. 가끔 학교에서 콘서트를 열기도 했다. 그럴 때면 내가 직접 장비를 들고 가 무대를 꾸며주곤 했다. 아들들이 록 음악을 하는 게 하도 기특했다.

___ '세 나그네' 시절의 필자(가운데). 오른쪽이 이남이(베이스).
왼쪽은 고인이 된 서일구(드럼) 씨다.

우리 집은 록 음악을 하는 아들과 그 친구 녀석들의 아지트였
다. 나는 그들이 마음껏 음악을 할 수 있도록 큰 방 하나를 내줬다.
거기서 라면을 끓여 먹든 음악을 연습하든 전혀 간섭하지 않았다.

아이들에겐 아마 천국이 따로 없었을 것이다. 내가 갖고 있던
레코드판이니 비디오 · 장비 등을 마음껏 쓸 수 있도록 허락했기 때

문이다. 그렇게 몰려다니던 무리 중에서 뛰어난 음악인이 많이 배출됐다.

난 세 아들이 음악인이 되는 게 아주 좋은 일이라 생각했다. 음악 말고 다른 걸 하리란 생각은 사실 해보지도 못했다. 그 때문에 아내랑 언성을 높이며 다툰 적도 있었다. 아내는 "왜 아이들에게 음악만 시키려 드느냐"며 항의했다. 대학입시 준비에 몰두해야 할 큰아들 대철이 녀석이 기타만 붙잡고 있는 걸 보곤 몸이 달았던 게다.

"음악이 어디가 어때서 그래? 자기들이 하고 싶은 대로 하게 놔두라고. 저 아이들은 음악 외에는 할 게 없어!"

아이들이 남들처럼 평범하게 살길 바라는 아내의 마음을 이해하지 못하는 건 아니었다. 고정 수입이 있는 직장인이 되면 가정을 안정적으로 꾸려 나갈 수 있을 것이다. 그렇지만 음악인에겐 그런 안정적인 생활을 기대하기 어렵다. 언제 돈을 벌지 모르고, 언제 어떻게 될지도 모른다. 게다가 내가 5년간 활동 금지 처분을 받는 바람에 그 전에 쌓아온 명성과 돈마저 물거품이 되는 걸 지켜본 아내가 아니던가. 아내 입에서 그런 말이 나오게도 생겼다. 쌀독이 바닥을 드러내게 생겼는데 음악은 무슨 빌어먹을 음악이냐는 것이다. 아내의 마음속에는 아직도 그 여운과 미련이 남아 있는 듯하다. 어쩔 수 없으니 따르는 것뿐……

음악인이 되는 것은 분명 모험이다. 그러나 진정한 음악인이라면 안정적인 생활에 대한 미련은 버려야 한다. 물론 일반인들이 보기에는 굶더라도 음악은 해야겠다는 사람들이 불행해 보일 수도 있을 것이다. 그러나 배고픔을 잊을 정도로 음악에 열중할 수 있다면 그 이상의 행복이 어디 있겠는가. 글쎄……. 우리 아이들이 지금 어떻게 생각하고 있는지는 모르겠지만 말이다.

직업 음악인이 되지 않는다 하더라도 청소년기에 음악에 몰두하는 건 바람직한 일이다. 음악을 하면 아이들이 나쁜 길로 빠지는 걸 막을 수 있다. 오로지 음악에만 미치니까. 한창 자라는 청소년기에는 폭력성을 드러내고픈 욕망에 사로잡힌다. 록 음악은 그 안에 거칠고 폭력적인 속성을 담고 있다. 록은 힘과 스피드를 요구하는 음악이다. 아이들은 그 연주의 한계에 도전하면서 젊음을 발산하고 폭력성도 해소한다. 질풍노도의 시기를 평화롭게 극복하는 방법 중하나가 음악이다. 나는 단 한 번도 우리 아이들 때문에 골치가 아파본 적이 없다. 모든 게 음악 덕분이라고 생각한다.

2 클럽 '라이브'

난 한 술 더 떠 1980년대 중반, 이태원에 라이브 클럽을 열었다. 우리 아들들을 포함해 록 음악을 하는 사람들이 마음껏 실력을 발휘할 수 있는 무대를 만들어주고 싶었다.

그때까지만 해도 우리나라에는 제대로 된 라이브 문화가 없었다. 대중음악은 주로 방송으로만 전파되곤 했다. 방송으론 한참 부족하다. 진정한 라이브 음악을 듣는 문화가 형성돼야 음악인에게도, 음악 발전에도 도움이 될 거라 생각했다. 클럽 이름을 아예 '라이브'라고 지었다. '라이브'란 용어가 그때 퍼지기 시작했다. 처음에는 돈을 댄 동업자가 항의했다.

"아니 대체 라이브가 뭐야?"

라이브의 개념을 알리려는 욕심에 그를 설득했다. 다행히 좋은

__ 라이브 공연 문화를 대중화하기 위해 라이브 클럽을 열었지만 동업자의
변심으로 문을 닫을 수밖에 없었다. 사진은 라이브 공연을 위해 연습하고 있는 필자의 모습.

음악인들이 그 뜻에 동조했다.

최고의 연주자들은 대부분 클럽 '라이브'에 출연했다. 1인당 교통비조로 5000원씩만 받고도 기꺼이 무대에 올랐다. 객석은 미어터졌다.

클럽이 번창하자 투자한 동업자가 마음을 바꿔먹었다. 나를 쫓아낸 것이다. 장사가 될 듯하니, 그 이득을 혼자 차지할 욕심이 난 모양이다.

"잘 먹고 잘 살아라"

깨끗하게 손을 털었다. 내가 손을 뗀 지 한 달 만에 클럽은 문을 닫았다. 거기서 또 한 가지를 배웠다.

'동업은 안 되는구나…….'

3 우드스탁

동업관계는 끝이 났지만 라이브 공연 문화를 대중화하는 작업을 해야겠다는 생각에는 변함이 없었다. 내 아이들과 우리의 음악 문화를 생각하면 더욱 그랬다.

1985년 이태원에 있는 '태평극장'을 빌려 '락월드'를 열었다. 우리나라 최초의 록 콘서트장이었다. 어떤 이유였는지 잘 기억은 나지 않지만 당시 태평극장은 영업을 하지 않고 있었다. 큰 극장이라 웅장한 연주를 할 수 있는 장소였다. 라이브에는 제격이었다. 큰 아들 대철은 고3 때 거기에서 연주를 시작했다. 둘째 윤철이도 고1 때 무대에 올랐다. 지금 국내에서 록 음악계를 이끄는 친구들은 거의 다 그 무대에 한번쯤 서봤을 게다. 고등학생들이었지만 고교 록그룹이 번성하던 시기라 실력들이 만만치 않았다.

봄에 문을 열어 여름·가을까지는 그럭저럭 꾸려갈 만했다. 관객도 점점 늘어갔다. 그런데 겨울이 되면서 문제가 생겼다. 극장 전체에 난방이 되지 않아 화장실 물이 얼어버릴 정도였다. 대책이 없었다. 어쩔 수 없이 문을 닫았다.

락월드를 닫은 뒤에 만든 게 문정동의 우드스탁이다. 미국식 록 클럽을 제대로 만들고 싶었다. 퇴근 시간에 들러 가볍게 맥주 한잔하면서 음악도 듣고, 친구 얼굴을 보는 곳. 굳이 술을 마시지 않아도 되는 자유로운 분위기의 클럽 말이다.

고맙게도 어느 독지가가 땅을 별려줬다. 그 자리에 라이브 클럽 겸 작업실을 짓기 시작했다. 건축 재료로는 질 좋은 나무를 택했다. 나무가 방음이 잘 되기 때문이다. 나무로 짓다가 문득 '우드스탁(woodstock)'이란 단어가 떠올랐다.

우드스탁은 1969년 뉴욕 인근의 전원도시에서 열린 록 페스티벌이다. 1969년 8월 15일부터 18일 오전 10시 30분까지 지속된 음악 사상 최고의 축제였다. 반전을 외쳤던 히피를 중심으로 45만 명이 몰려와 록 음악과 자유를 만끽했다. 이 공연은 록 음악 사상 가장 상징적인 사건이기도 하다.

그 이름을 따 간판을 걸었다. 1987년이었다. 전국의 록 음악인들이 구름같이 모여들기 시작했다. '록의 대부가 아지트를 마련했다'는 소문이 퍼진 모양이었다. 기타 하나씩 덜렁 둘러메고 꾸역꾸

역 몰려오는 데 대책이 안 섰다. 그 아이들은 매일 와봐야 죽치고 앉아 있어 자리나 차지할 뿐이었다. 그들의 음악은 대중이 소화하긴 어려웠다. 자기들만 좋아하는 그런 음악이었던 셈이다.

그러다 보니 일반 관객은 하나도 없었다. 연주자도, 손님도 모두 록 음악인이었다. 술장사란 게 외상으로는 망하기 십상이다. 처음에는 금고에 돈이 좀 들어왔지만 곧바로 외상이 쌓이기 시작했다. 몇 번 드나들며 얼굴을 익힌 뒤 갚을 수 없을 정도로 외상 빚이 늘면 코빼기도 비추지 않는 경우가 점점 많아졌다. 바싹바싹 피가 말랐다. 전기세조차 납부하기 어려웠다. 돈도 돈이지만 내 생활도 차츰차츰 망가지기 시작했다.

우드스탁을 찾아온 친구들은 내게 술을 한잔씩 권하곤 했다. 거절할 수도 없고 반갑기도 해 주는 대로 받아 마시다 보니 나는 매일 술에 절어 있었다. 술이 술을 마신다고, 팔고 남은 술을 혼자 밤새 먹어치우기 시작했다. 내가 워낙 주당이라 버텼던 것이지, 보통 사람이었으면 감당하기 힘들었을 게다.

하루는 손님들에게 가게를 맡겨두고 잠깐 나갔다 들어왔다. 그런데 가게 입구에서부터 대마초 냄새가 나는 게 아닌가. 한달음에 뛰어가 문을 열었다. 다들 아무 일도 없었던 듯 시치미를 떼고 있었다. 나 몰래 대마초를 피운 것이다. 내가 대마초 때문에 얼마나 크게 데인 사람인가. 이러다간 큰일 나겠다 싶었다. 할 수 없이 사람들을

__ 1987년 문을 연 우드스탁은 록 음악인들의 아지트였다.
사진은 우드스탁에서 작곡에 몰두하고 있는 필자.

다 쫓아내고 문고리를 걸었다. 클럽 우드스탁의 문은 그렇게 닫혔
다. 문을 닫아도 말썽은 끊이질 않았다. 한밤중에 누군가가 문을 두
드려댔다.

"모시러 왔습니다. 가락시장에 자리를 만들어놨거든요."

후배들이 술을 같이 마시자며 몰려온 것이었다. 이미 술에 얼큰히 취한 녀석들이었다.

그때부터 바깥쪽 문고리를 뜯어버렸다. 안에서 잠그면 밖에선 절대로 열 수 없도록. 그 뒤로 우드스탁은 내 작업실 겸 집으로 사용했다. 누구의 방해도 받지 않고 음악에만 몰두할 수 있는 나만의 공간으로 말이다. 지금도 우드스탁에는 문고리가 없다.

처음 우드스탁을 열 때 문정동은 허허벌판이었다. 건물이라곤 세 채뿐이었다. 서울에서 가장 조용한 곳이라 마음에 들었다. 그런데 점점 번화가로 발전하는 바람에 조용한 인생과는 거리가 멀어졌다. 공사가 하나 끝나면 하나가 또 이어지는 식이었다. 게다가 우드스탁은 지하에 있었다. 아주 피곤한 인생이었다.

그러나 먼지를 뒤집어쓰면서도 음악에 파묻혔다. 1992년에 100여 명이 합창하는 15분짜리 곡 〈너와 나의 노래〉를 작곡했다. 1994년에는 데뷔 35주년 기념 음반 〈무위자연〉을 냈다. 〈무위자연〉을 발표한 뒤인 1990년대 중반 즈음에는 나를 재조명하려는 움직임이 시작됐다. 요즘도 한창 유행하는 리메이크 붐이 불었다. 조관우는 김추자가 불렀던 〈님은 먼 곳에〉를, 신효범은 〈님아〉를 리메이크했다. 〈아름다운 강산〉이야 1980년대에 이선희가 불러 내가 부른 것보다 더 유명해질 정도 아니었던가. 그러더니 봄여름가을겨울, 강산에, 한영애, 윤도현, 김광민 등 후배들이 1996년 겨울 헌정음반 〈트리뷰트 투 신중현〉을 내놨다. 음악인생 40년의 보람을 한껏 느끼게 할 만한 일이었다.

그즈음 KBS-1 '일요 스페셜'과 EBS 'TV 인생노트'에서 내 특집 다큐멘터리를 찍었다. 그 프로그램을 만들던 PD들은 아주 고생했다. 나와 관련된 영상 자료를 도무지 찾을 수 없었기 때문이다. 활동 금지를 당하고 내 모든 곡이 금지곡으로 묶이자 방송국에서도 나와 관련된 모든 영상물을 파기해버린 것이다.

국가 정책이 어떻게 되더라도 예술인과 관련된 자료들은 남겨 두는 게 바람직하지 않을까 생각한다. 잘했든 잘못했든 모든 기록물은 역사의 증거로서 가치가 있으니 말이다. 방송 활동을 참 많이 했는데 그 자료들이 하나도 남아 있지 않다니 안타깝다.

4 대학 교수

1995년 수원여대에서 출강 요청이 들어왔다. 그땐 바쁜 일도 없었던 시기라 기꺼이 수락했다. 당시 전문대이던 수원여대에는 생활음악과가 있었다. 피아노를 주로 가르치는 학과였다. 내가 들어간 뒤 본격적으로 대중음악을 다루는 대중음악과가 개설됐다. 덕분에 나는 대중음악과 학과장 직함을 달았다.

학과를 신설하다 보니 할 일이 많았다. 대중음악을 체계적으로 가르칠 수 있는 커리큘럼부터 만들어야 했다. 그땐 대중음악계에서 강의 능력이 있는 사람을 찾기도 어려웠다. 버클리 음대 출신부터 소련에서 음악을 공부한 사람까지 여러모로 수소문해 간신히 강사진을 짰다. 라이브 공연에서 쓰는 마이크 시스템부터 기타, 신시사이저, 앰프, 피아노 등 장비를 갖추는 것도 보통 일이 아니었다. 아침마다 출근해 종일 학교에서 살다시피 했다. 그렇게 시간이 흘렀다. 점점 갑갑해졌다. 가만히 생각해봤다. 과연 내가 교수 체질인가……. 대학에서 가르치는 커리큘럼이란 건 사실상 기초과정이다. 신입생이 들어오면 매번 그 커리큘럼을 반복해 가르쳐야 한다. 10년 이상 연주해 어느 정도 수준에 도달한 이에게나 전문적인 교육을 할 수 있다. 대학에서 전문 교육을 하기란 어렵다. 늘 '도레미'로 세월을 보내는 게 내 적성에는 맞지 않았다.

물론 학교 측의 대우도 좋았고 어린 학생들과 함께하는 생활은 재미있고 신선했다. 그러나 거기 있다가는 평생 교수로 지내야 할 형편이었다.

'내가 아직 해야 할 일이 많은데, 이러고 있으면 안 되는데……'

도저히 안 되겠다 싶었다. 궁리 끝에 몸이 아프다는 핑계를 댔다. 학교 측에선 펄쩍 뛰었다.

사실 교수직이란 게 다들 차지하지 못해 안달인 자리 아닌가. 교수 자리를 얻고 싶다며 찾아오는 사람들이 엄청나게 많았다. 음악 박사 학위를 가지고 온 친구도 있었다.

"아니, 음악에도 박사가 있소?"

그렇게 핀잔을 주기도 했다. 음악성이란 학위로 증명되는 게 아니라고 생각하기 때문이다. 남들이야 어떻게 생각하든 교수 자리가

내겐 맞지 않았다. 나 대신 텔레비전에 나오는 유명한 이들을 교수로 앉혀놓고는 결국 1997년에 휴직계를 냈다. 우드스탁으로 돌아왔다. 다시 외로이 음악 세계에 빠져들었다.

교수직을 떠난 후에도 대외 활동은 열심히 하지 않았다. 그보다는 내가 남기고 싶었던 것들을 완성하는 데 집착했다. 지금도 마찬가지지만 당시 음악계는 여러 장르가 뒤범벅돼 요란하긴 한데 뭔가 뼈대는 없는 상태였다. 하루가 멀다 하고 바뀌는 인스턴트 가수가 가요계를 장악하고 있었다. 눈요깃거리에 치중하는 상업성 짙은 음

악만 판치고 있었다. 그런 틈바구니에 내가 비집고 들어갈 이유가
없었다. 그래도 누군가는 진정한 음악을 추구해야 한다고 생각했다.
곧바로 〈김삿갓〉 음반 작업에 들어갔다.

5 김삿갓과 컴퓨터의 만남

"나는 청산이 좋아 들어가는데, 녹수야 너는 어이하여 나오느냐."

김삿갓이 금강산을 오르다 아래쪽으로 흘러내리는 물줄기를 보고 지은 즉흥시다. 나는 좋아서 산에 오르지만, 너는 운명으로 인해 내려와야 하는 것을……. 그 짧은 한마디에 인생을 살아가는 깊은 철학을 담았던 게다.

내 체질에는 너무 많은 말을 늘어놓고 표현하는 것보다는 순발력을 발휘해 순간적인 현상을 포착해내는 김삿갓류의 시가 딱 맞았다. 김삿갓의 그러한 풍류는 한국인만이 발현할 수 있는 기질 아닌가 싶다. 시인이 자신을 '김삿갓' 이라 부른 것은 물욕도 명예욕도, 자신의 이름까지도 모두 버리고 순수한 인간으로서 자연을 바라보려 했기 때문일 것이다.

나는 김삿갓이란 인물에 반해버렸다. 김삿갓의 시와 인생이 세계적으로 알려졌으면 좋겠다는 생각도 했다. 그래서 그것을 음악으로 표현했다. 김삿갓의 시에 음악을 붙이는 식이었다. 김삿갓은 나의 정신적인 파트너였다. 내가 처음으로 손잡은 작사가이기도 했다. 이전에 낸 200여 장의 앨범에서 작곡은 물론 작사까지 혼자 도맡아했으니 말이다. 방방곡곡을 누비며 찍은 영상물로 뮤직비디오도 만들었다. 방랑 시인 김삿갓의 궤적을 따라 밟으면서…….

〈김삿갓〉 앨범은 작·편곡은 물론이고 기타, 베이스, 드럼까지 모두 나 혼자서 했다. 연주인을 쓰면 창작 당시의 감흥이 죽어버리기 때문이다. 내용적으로는 지극히 전통적인 정신을 담았지만 기능적으로는 최첨단 기계(컴퓨터)의 힘을 빌린 앨범이었다.

나는 흔히 말하는 '컴맹'과는 거리가 멀다. 1980년대 초부터 컴퓨터를 다뤘다. 그 시절 나는 차에 시동만 걸면 AFKN 방송이 흘러나오도록 조작해뒀다. 미국을 포함해 세계의 음악 추세를 파악하기 위해서였다. 하루는 라디오에서 아주 색다른 음악이 흘러나왔다. 어떻게 소리를 만들어냈는지 당최 이해할 수 없었다.

'이건 사람이 한 게 아니야. 뭔가 이상한데……'

바로 컴퓨터 음악이었다. 우리나라에선 아무도 컴퓨터 음악을 생각하지 못하던 때였다. 곧장 컴퓨터 음악에 관심이 쏠렸다. 대체 어디서 배울 수 있는지 알아보기 위해 여러 곳을 수소문했다. 당시 서울 서초동에 남경전자라는 회사가 있었다. 그곳에 가보니 이미 몇 사람이 컴퓨터 음악을 연구하고 있었다. 그러나 나 같은 전문 음악인은 아니었다. 그들은 컴퓨터가 어떤 방식으로 소리를 내는지 내게 일러줬다. 그땐 8비트짜리 IBM 컴퓨터를 가지고 초창기 음악 프로그램을 다뤘다. 음정이나 박자를 일일이 숫자로 찍어 입력하는 방식이었다. 그렇게 컴퓨터에 대한 개념을 익혔다. 그리고 지금까지 컴퓨터 작업은 계속되고 있다.

외국에서는 1950년대부터 음악에 컴퓨터를 사용했다고 한다. 다만 대중적으로 알려지지는 않고 전문가만 다뤘다는 것이다. 그게 대중적으로 조금씩 알려지기 시작한 게 1980년대다. 컴퓨터 음악에 대한 인식이 본격적으로 확산된 건 1990년대다. 그때부터 컴퓨터 음악 전문 프로그램이 나왔다.

내가 1980년대에 처음으로 컴퓨터를 이용해 만든 곡이 〈인형〉이다. 그 곡을 만들며 컴퓨터의 매력에 푹 빠져들었다. 그땐 요즘처럼 다양한 기술은 없었지만 나름대로 컴퓨터의 맛은 낼 수 있었다. 나는 기계적이고 인공적인 컴퓨터의 사운드에 사람의 숨결을 불어넣었다. 컴퓨터만 가지고 음악을 해서는 안 되고, 인간의 감정이 들어가야 위력을 발휘한다고 믿었기 때문이다.

컴퓨터 작업을 시작하자 사람들은 "대체 그걸 왜 하느냐"며 의아해했다. 그러나 지금은 누구도 컴퓨터 없이는 음악을 못할 지경에

__ 우드스탁에서 컴퓨터로 곡을 만들고 있는 필자.
컴퓨터는 혼자서 음악 활동을 할 수 있는 길을 열어줬다.

이르렀다. 컴퓨터에 빠진 건 음악에 관한 한 예민하고 고집이 센 내
성격 때문이기도 하다.

　　사실 레코드사에서 녹음을 하다 녹음실을 발칵 뒤집어놓은 적
도 여러 번 있었다. 녹음기사랑 크게 싸움이 붙은 것이다. 녹음실에

서는 녹음기사가 어마어마한 레코딩 시스템을 도맡아 다룬다. 음악인들은 손을 댈 엄두조차 못 낸다. 그러다 보니 녹음기사가 자신의 수준과 취향에 맞게 음악을 마음대로 뜯어고치곤 했다. 이를 전문용어로 '믹스 다운'이라고 한다. 가수나 연주자도 녹음기사 앞에서는 쩔쩔 맬 수밖에 없었다. 녹음기사의 손에 레코드의 품질이 달려 있으니 말이다. 그러니 녹음기사들은 항상 목에 힘을 주곤 했다. 그런데 그들이 최종적으로 뽑아내는 소리가 만족스럽지 않았다. 녹음기사들은 내 음악 특유의 거친 맛을 다 깎아내고서 "다듬은 게 훨씬 낫다"고 주장하곤 했다. 내 성격에 그런 꼴을 눈 뜨고 볼 수는 없었다.

"야 이 XX야, 네가 음악에 대해 뭘 아냐! 당장 집어치워!"

그렇게 녹음실에서 난리가 나면 레코드사 사장이 놀라서 달려오곤 했다. 그런 일이 반복됐다. 그러다 1990년대 초 믹스 다운 기능을 갖춘 컴퓨터 오디오 프로그램이 등장했다. '프로툴스'라는 유명 프로그램이었다. 국내에선 아마 내가 제일 먼저 그 프로그램을 사용했을 것이다. 그 이후에 수많은 음악 프로그램이 나왔지만 프로툴스 시리즈가 단연 돋보인다. 컴퓨터 시대가 내게 안겨준 가장 큰 선물이었다. 그 프로그램만 있으면 각종 악기 연주는 물론이고 녹음·믹싱까지 모든 걸 혼자 해낼 수 있다.

사실 무슨 일이든 혼자 하는 게 속이 편할 때가 많았다. 〈아름다운 강산〉〈미인〉 같은 노래를 내가 직접 부른 것도 그런 이유에서였다. 우리나라 최초의 3인조 그룹인 '엽전들'을 만든 까닭도 마찬가지다. 최소한의 인원으로 잡음 없이 제대로 음악을 하고 싶었던 것이다.

거기서 한 술 더 떠 밴드에조차 의존하지 않고 컴퓨터의 힘을 빌려 모든 걸 혼자 해낸 음반이 1994년에 나온 〈무위자연〉이다. 그 앨범의 8할은 컴퓨터가 만들었다고 해도 과언이 아니다. 나 혼자 연주에 녹음 · 믹싱까지 다 해냈다. 물론 공연할 때는 다른 사람들의 도움이 절대적으로 필요하지만 말이다. 나를 따르는 후배 이종성(베이스)과 유상원(드럼)이 아직까지 나의 음악 동반자다.

6 영화음악 작업

나는 음악성도 중요하게 생각하지만 그걸 들려주는 기술에도 관심이 많은 편이다. 그래서 일찍부터 컴퓨터 음악을 연구한 데 이어 요즘에는 DVD 작업에 매진하고 있다. DVD는 멀티 사운드를 구현할 수 있다. 고정되지 않고 살아 움직이는 음을 여러 갈래로 들을 수 있다는 말이다. 게다가 DVD는 24비트(bit)의 음질을 낼 수 있다. 오리지널만큼은 아니지만 풍부한 음을 구현한다. CD의 음질이 그보다 떨어지는 16비트니, 요즘 젊은이들이 즐겨 듣는 MP3의 음질은 더 말할 나위도 없다. 음이 깎여도 한참 더 깎인다. 요즘은 음악의 양은 많을지 몰라도 질은 형편없는 셈이다.

최근 영화를 보기 위해 5.1채널 홈시어터를 설치하는 가정이 많아졌다. 영화는 화면 상에서 배우의 동선을 따라 음향이 움직이는 효과를 구현하기 위해 5.1채널을 쓴다. 음악은 조금 다르다. 나는 음악만으로 어떻게 움직여야 하는지를 구상한다. 가만히 앉아서 우주를 날아다니고, 생각하는 대로 모든 게 움직이게 하는 것이다. 할리우드 영화들은 대개 5.1채널 서라운드 사운드를 적용한다. 그래서 영화가 더 생동감 있다.

2004년 임권택 감독의 99번째 영화 〈하류인생〉에 음악감독으로 이름을 올렸다. 두 노익장이 만난다는 소식에 촬영에 들어가기 전부터 언론의 조명을 받았다.

결론부터 말하자면 〈하류인생〉 영화음악 작업은 그리 순탄치 않았다. 나는 당연히 5.1채널 서라운드 사운드로 음악을 만들었다. 그런데 공들여 한 작업이 모조리 물거품이 됐다. 결정권을 가진 이들이 옛날 방식을 고집했기 때문이다. 극장 시스템은 이미 그런 사운드를 들려줄 수 있도록 완비돼 있었다. 그런데 그들은 "뒤쪽에서 소리가 나면 사람들이 공포를 느낀다"는 식의 핑계를 댔다. 시연을 할 때도 감독 등이 극장 맨 뒷자리에 앉아 음악을 들어보더니 "별 효과 없다"는 게 아닌가. 서라운드는 객석 중간쯤에서 듣는 게 가장 좋다. 그래야 앞과 뒤에서 각각 나오는 소리의 움직임을 생생히 잡아낼 수 있기 때문이다. 기운이 쑥 빠졌다.

게다가 임 감독과 음악에 대한 의견 충돌도 심했다. 음악을 꼭 썼으면 좋겠다 싶은 곳은 비워두고, 어딘가 부족해 보이는 부분은 음악

___ 김응천 감독의 영화 〈푸른 사과〉 OST. 김응천 감독은 필자가 만든 음악을 하나도 빼놓지 않고 영화에 반영했다.

으로 채우려는 것처럼 보였다. 젊은 시절에 함께 작업할 때는 둘 다 의욕에 넘쳤고 그런 충돌도 없었던 것 같은데, 세월이 흐른 뒤 만나니 상황이 많이 달라졌다. 임 감독 역시 나름대로 무언가 생각이 있었을 것이고, 우리는 서로 갈 길이 달랐던 모양이다. 결국 포기하다시피 적당한 선에서 끝냈다. 영화에 반영되지는 못했지만 처음에 만들었던 주제곡은 내 홈페이지(www.sjhmvd.com)에도 올려놨다. 대중과 함께 들었으면 해서다.

내가 영화음악을 그리 많이 만든 것은 아니지만, 그렇다고 문외한도 아니다. 한창 바삐 활동하던 1970년대 전후에 뮤지컬 영화만도 두 편을 만드는 등 활발히 활동했다. 1968년 조영남, 트윈폴리오(송창식 · 윤형주), 남진 등 당대 유명 가수들이 모조리 출연한 김응천 감독의 〈푸른 사과〉가 첫 작품이었다. 우리나라 최초의 뮤지컬 영화다. 감독도 음악에 관심이 있던 양반이라 죽이 잘 맞았다. 그는 내가 만든 음악은 하나도 빼놓지 않고 영화에 반영했다. 첫 작품이라 지금도 잊지 못한다.

1975년 5월에 개봉된 신상옥 감독, 최은희 주연의 〈김선생과 어머니(아이 러브 마마)〉 음악 작업도 맡았다. 약간 코믹한 뮤지컬 영화였다.

7 영화배우 '외도'와 김완선

1975년 개봉된 영화 〈미인〉에 이남이 등 '엽전들' 멤버와 함께 출연했다. 그러나 얼마 뒤 활동이 금지되는 바람에 영화는 빛을 보지 못하고 막을 내렸다.

연기가 음악보다 훨씬 어려웠다. 적어도 내겐 그랬다. 특히 우는 장면은 정말 힘들었다. 다른 건 그냥 흉내를 내겠는데 눈물 연기만큼은 도저히 할 수 없었다. 할 수 없이 다른 멤버들만 울게 하고 나는 가만히 있었다.

물론 나도 울면 눈물이 맺히긴 한다. 흐르는 게 아니라 눈을 적시는 정도다. 겉으로 우는 것보다 마음으로 우는 게 더 슬픈 것 아닌가. 그게 진짜 울음인데 말이다. 어릴 때 아버지께서 "남자가 눈물을 보이면 안 된다"고 하셨다. 남자는 일어설 수 있는 힘이 있어야

하고, 어떤 어려운 일이 있어도 눈물을 흘려서는 안 된다고 배웠다. 아버님의 가르침이 내 뇌리에 박혀 평생을 가는 모양이다.

영화를 찍으며 감독과 자주 다퉜다.

"아니, 영화를 꼭 천하게 찍어야 합니까? 국산이면 다 그렇게 해야 합니까?"

"그렇게 하지 않으면 지방 극장에서 사가질 않는다니까요……"

그땐 영화 흥행의 칼자루를 지방 극장주가 쥐고 있었던 모양이다. 그렇지만 그 시절에는 영화인이건 음악인이건 나름대로 수준이 있었다. 육체보다는 정신을 중시하던 시대였기 때문이 아닐까. 음악만 해도 지금은 생각 없이 몸만 흔들어대고 땀을 흘리는 쪽으로 너무 치우친 것 같다. 물론 그렇다고 댄스 음악을 모두 우습게 보는 건 아니다. 김추자도 '최초의 댄스 가수'라는 칭호를 들을 정도로 무대에서 열정적인 가수 아니었던가.

나 역시 본격적인 댄스 음악을 만든 적이 있었다. 1980년대 말이었다. 김완선이 매니저와 함께 곡을 받겠다며 우드스탁을 찾아왔다. 텔레비전에서 몇 번 그녀를 본 적이 있었다. 춤추는 모습을 보고는 곧바로 떠오른 제목이 〈리듬 속의 그 춤을〉이었다. 직접 만나봐도 역시 그 이미지가 딱 들어맞았다. 전형적인 댄스곡은 잘 만들지 않던 나였지만 곧바로 곡 작업에 착수했다.

"현대 음율 속에서 순간 속에 보이는 / 너의 새로운 춤에 마음을 뺏긴다오……"

리듬 위주로 육체적인 움직임에 초점을 맞추는 게 현대의 일반적인 댄스 음악이다. 그러나 나는 록을 했던 사람이라 정신적인 음악에서 떠날 수 없었다. 아무리 춤을 추기 위한 음악이라도 관능적이고 인간적인, 또 정신적인 면을 담아야 한다고 생각했다. 다행히 〈리듬 속의 그 춤을〉은 상당한 호응을 얻었다. 아마 1980년대 이후 내가 발표한 작품 중 대중적으로 가장 성공한 곡일 것이다.

나는 대중이 좋아하면 일단 만족한다. 내가 아무리 좋아해도 대중이 외면하면 명곡이 될 수 없다는 걸 경험으로 잘 알기 때문이다. 간혹 내가 가장 좋아하는 곡이 무어냐고 물어오는 사람들이 있다. "신중현이 자신의 어떤 곡을 제일 좋아한다더라"는 이야기는 대개 기자들의 취향이 반영된 것이다. 기자가 "저는 이 곡이 좋던데요"라고 말하면 나도 "예, 저도 좋아합니다"라고 답하곤 했다.

어떤 곡이건 그 나름대로 개성이 있다. 이 곡은 이 곡대로 좋고, 저 곡은 저 곡대로 특색이 있는 것이다. 펄 시스터즈나 김추자의 노래가 지금은 좀 촌스럽게 들릴지도 모른다. 그러나 그 시기에, 그 감각으로 가수와 합작해 만든 작품은 그때가 아니었다면 나올 수 없었을 곡이다. 음악은 정확하고 빠르게 그 시대를 반영한다. 그래서 모든 곡들이 하나하나 소중하다.

8 속세를 떠나

노년기에 접어든 요즘 나는 대중성과는 관계없이 내가 좋아하는 곡을 쓴다. 음악성에 치우치다 보니 대중의 취향과는 다소 거리가 있다. 이 같은 음악이 인정받으려면 세월이 한참 흘러야 할 것 같다. 물론 기회가 주어진다면 나의 음악성을 대중에게 심어놓고 싶다.

음악 문화가 잘못 받아들여지면 그저 놀이가 되고 만다. 반면 잘 받아들인다면 마음의 안정을 찾는 도구가 될 수도 있다. 그런 음악을 선보이고 싶다.

내 음악을 관통하는 사상은 '도(道)'다. 사실 나는 도 이야기를 잘 하지 않는 편이다. 장자는 "도를 이야기하면 웃는다"고 했다. 1990년대 초, 한 방송사에서 출연 요청이 왔다. 당시 방송인이던 김한길 열린우리당 원내대표가 진행하는 토크쇼 '김한길과 사람들'이었다. 녹화 당일, 방송국 스튜디오에서 한참을 기다리자 그가 나타났다. 그는 내게 물었다.

"선생이 아는 게 뭡니까?"

"도를 압니다."

"도가 뭔데요?"

"도는 비우는 겁니다."

대답을 듣더니 그는 자료를 뒤적였다. 나에 대한 설명이 담긴 파일인 듯했다. 이후 말없이 나가더니 돌아오지 않았다. 한참을 기다리다 나도 자리에서 일어났다. 담당 PD는 미안해 어쩔 줄 몰라했다. 김 의원은 내가 자신의 프로그램에 나올 자격이 없다고 판단했던 모양이다.

'장자 말이 맞구나……. 도를 말하면 웃는구나'.

그렇게 생각하며 돌아왔다.

도를 알게 되면 자유로워진다. 틀 속에서 벗어남으로써 자유를 얻을 수 있기 때문이다.

자유가 중하다고 느낀 건 구치소에서 밧줄로 묶인 채 심문을 받으러 검찰에 끌려갔을 때였다. 호송 버스에 앉아 차창 밖을 내다봤다. 바로 한 발짝 앞의 사람들이 자유롭게 웃고 이야기하며 지나쳤다.

'내가 저렇게 걸은 적이 있었던가……'

___ 1968년 아끼는 통기타로 김추자를 위한 노래를 작곡하고 있는 필자.
순수하고 열정적인 시절이었다.

밧줄로 묶이는 건 인간성을 상실하는 일이고 자신의 전부를 잃어버리는 것이다.

구치소에서 밧줄에 묶여 있는 경험을 한 덕분에 오히려 그런 생각을 할 시간과 여유를 갖게 됐다. 깨달음이란 대단한 게 아니었다. 내 자신을 찾아 돌아볼 수 있는 시간과 여유만 있다면 방향을 찾을 수 있었다.

자유를 이야기하면 사람들은 '제 멋대로 노는 것'이라고 오해해 얼굴을 찌푸린다. 청소년들은 그저 자유라는 게 멋대로 놀고 머리를 기르고 술 마시고 담배 피는 거라고 생각하는 경향도 있을 게다. 음악을 하는 사람들 중에도 자유인이랍시고 난잡한 생활을 하는 이들도 있다.

그러나 내가 추구하는 자유는 그런 것과는 다르다. 인생의 편안함을 추구하는 것이다. 인간이 만든 테두리, 나아가서 자연이 만들어낸 테두리가 있다. 박스처럼 죽 나열된 그 경계선을 넘나들 수 있는 능력이 필요하다.

박스 안에 갇혀 헤어나지 못하면 사람들은 자유롭지 않다고 느낀다. 그래서 그 틀에서 벗어나고픈 욕망을 실현하기 위해 간혹 질서를 무너뜨리거나 틀을 파괴하는 이들이 있다. 그러한 행동은 오히려 자유와 영영 멀어지는 결과를 낳는다. 반대로 모든 것을 수용하는 것이 자유를 얻는 방법이다. 모든 걸 버림으로써 얻을 수 있고,

비움으로써 무엇이든 수용할 그릇을 만드는 것이다.

버리면 천하를 얻는다고 했다. 작은 걸 버리면 큰 걸 얻을 수 있다는 도의 가르침이 바로 지금까지 내가 삶을 헤쳐나간 힘이요, 답이 됐다.

내가 생각하는 도는 인위적이지 않은, 자연적인 것을 말한다. 그저 자연스럽게 우주의 운행에 순행하며 살아가는 삶 자체가 도다.

음악도 마찬가지다. 자연스럽게 나온 음악은 듣기 좋지만 인위적으로 잘해보려고 애쓴 건 오히려 듣기 싫다. 가수 역시 마찬가지다. 신인 때는 모두가 순수하고 싱싱한 아름다움을 지니고 있다. 수많은 가수에게 음반을 내줬지만 나는 그들의 첫 음반을 제일 사랑한다. 그러나 순수함을 지키는 게 자기 마음대로 되겠는가. 나 역시 처음의 순수함은 잃어버렸을 것인데.

나는 촌스러워 보일지언정 꾸미지 않는 순수, 심지어 투박함을 좋아한다. 그러나 사회는 그렇게 돌아가지 않는 것 같다. 그러니 난 사회에는 별로 어울리지 않는 사람이다. 가끔은 지금처럼 속세를 떠나 한가로이 있는 게 낫다는 생각이 든다. 덕분에 이렇게 시골에서 어떤 음악을 할 것인지 구상하는 여유도 부릴 수 있다. 그래서 내 기타는 잠들지 않는 것이다.

신중현의 음악 세계

33주법을 터득하다

기타 붐이 본격적으로 일기 시작한 건 1960년대부터다. 물론 그 이전에도 미국인들은 로큰롤 기타에 열광했지만 말이다.

1960년대 초에 그룹을 결성해서 함께 음악을 하는 풍조가 성행하기 시작하면서 '리드 기타'란 개념이 생겼다. 그룹의 리더를 기타 연주자가 맡은 것이다. 물론 다른 악기 연주자라고 왜 리더를 맡지 못하겠는가. 그러나 멜로디를 만들 수 있는 기타 연주자가 그만큼 중요한 역할을 했던 것이다. 비틀스를 비롯해서 애니멀스니 롤링스톤스 같은 그룹의 전성기가 시작됐다. 그리고 기타리스트의 수준에 따라 그룹의 실력을 평가받았고 인기도도 결정됐다. 자연히 지미 헨드릭스, 에릭 클랩튼, 지미 페이지 등 유명 기타리스트가 탄생됐다.

나는 1950년대에 로큰롤 기타부터 시작했다. 그 즈음 미국에서 불기 시작한 재즈 붐에도 영향을 받았다. 1960년대에 들어서면서 전 세계적으로 재즈 바람도 불었다. 당시 바니 케셀이란 백인 기타리스트가 재즈계에서 이름을 날렸다. 당시 재즈 음악을 다루던 전문 잡지인 《다음 비트》에서 요즘으로 치면 빌보드 차트 비슷한 걸 실었다. 그에 따르면 바니 케셀이 1위를 차지하고 있었다. 바니 케셀은 기타에 미쳐 10대 시절에 20달러를 들고 집에서 뛰쳐나와 뉴욕으로 향했다고 한다. 하루에 여덟 시간씩 10년간 연습한 덕분에 기타의 귀재가 되었다는 일화가 기억난다.

얼마 후에는 웨스 몽고메리라는 흑인 재즈 기타리스트가 등장하면서 바니 케셀과 1위 자리를 놓고 엎치락뒤치락 다퉜다. 두 사람은 그렇게 재즈 기타의 붐을 조성했다.

기타에 미친 나였기에 그런 사람들의 음악을 밤새도록 듣곤 했다. 나는 로큰롤과 재즈를 모두 습득하느라 정신이 없었다. 그런 음악을 따라하는 데 집착해 내가 정말로 좋아하는 음악이 무엇인지는 잘 몰랐다.

그러다가 1958년에 히키 신이란 이름으로 내 첫 음반을 냈다. 동요를 재즈 스타일로 편곡해 담았다. 로큰롤과 재즈를 포함해 내 나름대로 좋아하는 음악을 녹음한 것이다. 물론 대중성과는 거리가 먼 음악이었다. 이후 경험을 많이 쌓으면서 기타 주법에 심취하기 시작했다. 세계적으로 유명한 개축본이나 기타리스트들의 이야기

등을 보면서 수십 년간 연구를 해온 것이다.

그러던 중 1980년대 후반부터 구상하기 시작한 게 33주법이다. 기타를 오랫동안 치다 보니 기존 기타 주법에 문제가 있다는 사실을 깨닫게 됐다. 내 나름대로 다른 주법을 연구할 필요가 있다는 걸 느꼈다. 그렇게 연구해서 개발한 게 33주법이다. 1990년대 이후 계속 부르짖기 시작했지만 아무도 들어주는 사람이 없었다.

최근에 와서야 33주법의 정수라고 할 수 있는 무언가를 터득하게 됐다. '기타란 무엇이다' 라고 결말을 내렸다고도 할 수 있겠다. 세계 최초의 주법을 탄생시켰다는 자부심을 갖고 있다. 그리고 33주법을 알리기 위해 콘서트를 추진하고 있다. 지금까지 나온 주법은 주법이 아니다. 지금까지 나온 주법은 한계가 있다. 그건 진짜 기타 소리가 아니란 걸 이제부터 보여주려고 한다.

33주법은 여러 가지 의미가 있다. 양손 모두 세 손가락만 사용하면 된다. 지금까지 네 손가락으로 짚어왔던 기타 포지션은 기타의 칸막이에 매여 있는 주법이다. 그걸 파괴하는 주법을 세 손가락으로 해내는 것이다. 내 주법은 평면적인 게 아니다. 나는 입체적인 주법을 부르짖는다. 단순한 손가락 놀림도 아니다. 연주자의 몸 자체가 음적인, 즉 여성적인 체질이어야 한다. 부드러우면서도 강하게 움직이는 몸을 만들어야 하는 것이다. 몸으로 연주하는 경지에 이르면 구태여 손가락을 일일이 옮기지 않더라도 공간을 확보해 깊이 있는 소리와 비트를 만들어낼 수 있다.

"도술을 부리지 않으면 안 된다"는 장자의 말처럼, 나도 도의 경지에 이르지 않으면 낼 수 없는 소리를 기타로 들려주려는 것이다.

용인에 새로 스튜디오를 짓고 있는 것도 같은 이유에서다. 평범한 스튜디오에서 그런 음악을 녹음하는 건 불가능하다. 자연과 함께하며 자연의 기운을 흡수할 수 있는 장소가 필요하다.

수십 년간 쌓은 경험을 통해 터득한 것이라 말로 설명한다는 것 자체가 좀 우습다. 앞으로 계획된 라이브 공연이나 DVD, 음반 등을 통해서 보여줄 생각이다.

스토라토캐스터와 마샬 앰프

기타에서 가장 중요한 건 나무다. 소리가 부드럽게 나는 것부터 강한 것까지 여러 종류의 나무가 있다. 아마추어는 부드럽고 고급스러운 소리가 나는 나무를 선호한다.

내가 선호하는 기타는 미국산 펜더(Fender) 계열의 스트라토캐스터(Stratocaster)다. 컨트리 음악인들이 많이 쓰는 것인데 오늘날에와서 인정을 받는 악기다. 이 기타는 잘 치는 사람이 쳐야 소리가 난다. 그래서 일반 대중이나 초보자에겐 환영받지 못한다. 그러나 난그 기타를 좋아하지 않을 수 없다. 기타는 주면 주는 대로 받아줘야한다. 기분이 나쁘면 나쁜 대로 표현되고, 몸이 좋지 않을 때는 소리가 안 나야 한다. 컨디션이 좋을 때 소리가 잘 나는 기타가 바로 명기다. 그러나 오해를 받기도 한다.

"몇백만 원, 몇천만 원씩 하는 기타도 있잖아요. 왜 그런 걸 안치고 싸구려를 치세요?"

물론 지금이야 스트라토캐스터의 가격이 꽤 올라가긴 했다. 유명 기타리스트라면 한번씩 만지는 물건이 되어 놔서다. 그래도 고급 악기는 아니다. 초보자들은 고급 기타를 연주하는 뮤지션을 선호한다. 내적인 기타의 진가를 모르면 그렇게 얘기할 수밖에 없다. 그런 이들 앞에서는 허허, 웃는 수밖에 없다.

1950년대에 컨트리 음악을 연구하면서 스트라토캐스터에 빠지기 시작했다. 그땐 그렇게 비싼 악기도 아니었건만 돈이 없어서 못 샀다. 구하기도 힘들었다. 언젠가는 꼭 쳐야겠다고 마음먹었던 것이 1960년대에 이르러 실현됐다. 그때부터 지금까지 줄곧 스트라토캐스터를 쳤다. 물론 기타는 수시로 바뀌었다. 공연 도중에 던지거나 부수는 바람에 못 쓰게 된 놈들이 많았기 때문이다.

내가 갖고 있는 기타는 거의 다 스트라토캐스터다. 그 외의 기타는 누군가에게 선물받는 바람에 집안 벽에 매달아 놓은 것뿐이다.

일렉트릭 기타를 연주할 때 기타 다음으로 중요한 것이 앰프다. 나는 영국제 마샬 앰프를 좋아한다. 지미 헨드릭스가 선보여 유명해졌다. 마샬 앰프에 스트라토캐스터를 칠 수 있는 건 록 기타리스트다. 재즈나 팝 등 다른 분야에서는 그걸 쓰지 않는다. 둘 다 강렬한 악기이기 때문이다. 소리가 너무 크고 강렬하면 컨트롤하기 힘들다. 그걸 컨트롤할 수 있는 주법을 터득해야 비로소 연주할 수 있다.

미국에 공연을 하러 가면 렌털 악기를 쓰곤 한다. 마샬 앰프는 영국제여서 미국에서 구하지 못할 때가 종종 있었다. 미제 앰프를 여러 종류 써봤으나 역시 소리의 차이가 컸다. 그렇게 악기를 겪다 보니 '역시 마샬, 펜더구나' 라며 제자리로 돌아올 수밖에 없었다.

어쿠스틱 기타는 기타의 기본이다. 부드러운 곡에는 어쿠스틱 기타를 많이 사용한다. 코드를 친다거나 화음을 넣을 때도 어쿠스틱 기타를 쓴다. 기타를 처음 배울 때 어쿠스틱 기타로 시작하는 게 당연한 일이다. 나도 맨 처음에는 어쿠스틱 기타를 구입했다. 어쿠스틱 기타를 통달하고 나니 일렉트릭 기타도 금방 흡수할 수 있었다.

미 8군 무대에 서기 위해 오디션을 보던 날, 그때 처음으로 일렉트릭 기타를 만져보았다. 그러고도 합격을 했으니 망정이지, 일렉트릭 기타는 어쿠스틱 기타와는 엄청난 차이가 난다는 걸 지금 와서 명확히 느낀다. 그땐 멋모르고 기타니까 똑같은 소리가 나겠거니 하고 어쿠스틱 기타를 치던 시절과 똑같은 주법을 사용했다. 33주법을 쓰는 이유도 기본이 되는 어쿠스틱 기타와 최첨단 일렉트릭 기타까지 겸비할 수 있는 주법이기 때문이다. 경험을 통해 얻은 일종의 노하우인 셈이다.

1958

히키 신 기타 멜로디 신중현 | 도미도레코드

| 동요를 재즈로 편곡해 담은 기타 솔로곡 모음집이다. 미 8군 밴드의 선배 연주자들을 연습시켜 장충동 최성락의 개인 녹음실에서 녹음했다. 재즈와 로큰롤 등 당시 관심을 갖고 있던 여러 장르의 음악을 모두 담았다. 어쿠스틱 통기타처럼 생겼지만 마이크가 달려 있는 형태인 초기 일렉트릭 기타로 연주했다.

Side 1

1 _ 푸른 하늘 은하수
2 _ 아리랑
3 _ 달마중
4 _ 봄 처녀
5 _ 산타 루치아
6 _ 오! 마이 달링 크렘탐

Side 2

1 _ 히키 신 키타 트위스트
2 _ 밀양아리랑
3 _ 애기별
4 _ 외기러기
5 _ 동심초
6 _ 쌍두 독수리

1964

빗속의 여인 애드훠 | 엘케엘레코드

Side 1

1 _ 빗속의 여인
2 _ 우체통
3 _ 상처 입은 사람
4 _ 소야 어서 가자
5 _ 늦으면 큰일 나요
6 _ 천사도 사랑을 할까요
7 _ 그리운 그님아

Side 2

1 _ 내 속을 태우는구려
2 _ 나도 같이 걷고 싶네
3 _ 고향 길
4 _ 그대와 같이 앉으면
5 _ 쓸쓸한 토요일 밤
6 _ 바닷가
7 _ 굿나잇 등불을 끕니다

| 1950년대 히키 신 시절부터 작곡을 많이 했다. 그런 곡들이 애드훠 음악에도 녹아 있다. 히키 신 솔로 앨범과 가장 큰 차이점이라면 그룹 형태로 음악을 만들었다는 것이다. 베이스·드럼·기타·보컬 등 여러 명이 모여 음악성을 창출해냈다. 그룹의 리더였던 내 사상을 멤버들에게 주입시켜 함께 음악을 만들어내다 보니 연습 기간이 필요했다. 동두천에 들어가 합숙을 하며 음악성을 조율해 나갔다. 당시 세계적으로 선풍적인 바람을 일으킨 비틀스의 영향도 받았다. 나도 마침 그런 음악을 구상하고 있었는데, 그들이 서양식으로 먼저 시작한 것이었다. 남자 연주자들로만 구성된 밴드라 공연용으로 가수 장미화를 픽업했다. 〈내 속을 태우는구려〉는 후에 나온 〈커피 한 잔〉의 원곡이다.

1968

님아 펄 시스터즈 | 신향음반

Side 1 : 커피 한 잔

1 _ 님아
2 _ 떠나야 할 그 사람
3 _ 두 그림자
4 _ 커피 한 잔
5 _ 비밀이기에
6 _ 알고 싶어요

Side 2 : 신중현 & Soul Sound

1 _ 사랑을 하면 예뻐져요
2 _ 빗속의 여인
3 _ Unchain My Heart(울고 싶은 마음)
4 _ 키다리 미스터 김
5 _ 옆집 아가씨
6 _ 내 청춘

| 펄 시스터즈의 음반에는 앞뒤로 열 곡쯤 들어 있었다. 가수 위주의 음반이었다. 어차피 대중음악 시장에 진출하려는 의도에서 만들었기 때문이다.

한국 실정에서 가수를 팔지 않으면 안 됐다. 음악성을 부르짖는 것도 힘들었다. 나는 고집을 부려 내 주장대로 음반을 만들었지만 당시 상황은 그랬다. 그땐 생각을 좀 바꿔서 펄 시스터즈 위주로 음악을 만들었다. 물론 연주는 전부 덩키스 멤버들이 했다. 결국 노래, 가수 위주의 이 음반은 크게 히트했다. 내 이름도 알려지기 시작했다.

1969

봄비 이정화 | 성음레코드

| 이정화 음반에는 나중에 알려진 〈꽃잎〉을 포함해서 다섯 곡밖에 안 들어 있었다. 그만큼 인스트로멘틀, 플레이 위주로 작업한 음반이다. 이름은 이정화 앨범이지만, 내용상으로는 그룹 덩키스의 음반이었던 셈이다.

초판

Side 1   Side 2

1 _ 봄비   1 _ 마음
2 _ 꽃잎   2 _ 먼 길
3 _ 내일

재판

Side 1   Side 2

1 _ 싫어   1 _ 마음
2 _ 봄비   (Extended
3 _ 꽃잎   Version)
4 _ 먼 길
5 _ 내일

1969

늦기 전에, 월남에서 돌아온 김상사 김추자 | 성음레코드

Side 1

1 _ 늦기 전에
2 _ 월남에서 돌아온 김상사
3 _ 나뭇잎이 떨어져서
4 _ 가버린 사랑아
5 _ 나를 버리지 말아요
6 _ 알 수 없네

Side 2

1 _ 잃어버린 친구
2 _ 떠나야 할 그 사람
3 _ 소야 어서 가자
4 _ 웬일일까

사이키델릭 음악의 매력에 빠져 있을 때 작업한 음반이다. 그러나 히피들을 만나 마약의 세계를 경험하기 전이었다. 그래서인지 클리어한 사이키델릭 음악이 나왔다. 요즘 음악 마니아들이 김추자 음반보다 김정미 음반을 더 쳐주는 것도 아마 그런 이유에서일 것이다.

대중성보다는 음악성을 중시한 나였기에 김추자의 노래는 히트하기까지 시간이 걸렸다. 세월이 지나면서 음악으로 듣다 보면 좋아지고, 그렇게 인정하면서 진정한 음악이라 느낄 때 대중이 애창하는 과정을 거쳤다. 적어도 6개월이나 1년은 묵은 음악이 뒤늦게 빛을 보곤 했다.

김추자는 펄 시스터즈의 여세를 몰아갔다. 김추자의 히트 이후 '신중현 사단'이 생겨났다. 가수 지망생이 몰려들면서 명동에 사무실을 크게 냈다. 히트하는 것마다 내 노래였던 그 시절, 가요계는 온통 내 판이었다. 이전까지 가요계를 주름잡던 트로트 문화가 나로 인해 큰 타격을 입었다.

1971

기다려주오 장현 | 유니버설레코드

Side 1

1 _ 기다려주오
2 _ 무소식이 희소식
3 _ 안개 속의 여인
4 _ 타향에서 만난 사람
5 _ 외롭지 않아요

Side 2

1 _ 초원
2 _ 님은 먼 곳에
3 _ 마음
4 _ 내 마음 모두주오
5 _ 슬픈 고백

| 1971년경 장현은 날 찾아와 "대구에 오시면 극진한 대우를 하겠다"고 했다. 마침 개인적인 사정으로 휴식이 필요했던 나는 대구로 무작정 내려갔다. 그곳에서 일주일간 머물며 〈기다려주오〉를 썼다. 서울로 돌아와 나머지 곡들을 정리하고 있는데 장현이 다시 나를 찾아와 간절히 곡을 부탁했다. 그래서 임아영이 불렀던 〈미련〉을 다시 편곡해 리메이크해줬다. 신곡인 〈석양〉도 그가 탐을 내 결국 부르게 됐다. 그렇게 해서 1집 〈기다려주오〉, 2집 〈미련〉, 3집 〈나는 너를〉 등 석 장의 음반을 내줬다. 그러나 그가 약속했던 호텔 숙식비를 지급하지 않아 나중에 나는 법정에 서야만 했다. 또 내가 활동 정지를 당하는 도중 '더 맨' 음반을 무단으로 '장현과 더 맨'이란 이름을 붙여 내기도 했다. 아직도 무슨 까닭으로 그런 일을 저질렀는지 이해가 되지 않는다. 그러나 그 모든 일들을 떠나 장현에게 주었던 내 곡들을 나는 너무나 좋아한다. 그래서 2005년 세 음반을 합쳐 복각 앨범을 냈다.

1972

거짓말이야 신중현과 더 맨 | 유니버설레코드

1 _ 아름다운 강산
2 _ 거짓말이야
3 _ 안개 속의 여인

아무리 짧은 곡이라도 반드시 음악성을 내세웠다. 제작자들이 점점 싫어할 수밖에 없었다. 제작자들이 아는 말이라곤 "쉽게 하라"뿐이었다. 그래도 난 고집이 있었다. '하려면 하고, 말려면 말라'는 식이었다. 제작자들은 손사래를 치면서도 결국 음반을 만들긴 만들었다. 대신 "음반이 나가지 않을 테니 돈은 못 준다"고 나왔지만. 덕분에 매번 돈은 받지도 못하고 음반을 냈다. 미 8군이나 일반 무대에서 연주를 하며 수입을 벌충할 수밖에 없었다. 내 음악성이 담긴 음반을 낸다는 것만으로도 만족했다. 음악성 위주로 만든 〈아름다운 강산〉은 지금도 내 스스로 높이 평가하는 곡이다. 지금은 그런 사운드를 내래야 낼 수 없다. 그 정도로 극치에 가 있었다. 당시 뮤지션은 돈을 앞세우지 않았다. 음악이 아니면 상대를 하지 않았다. 그래서 지금도 그 시절 멤버들이 자꾸 생각난다.

더 맨은 박정희 독재 정권 아래에서 힘들게 음악을 했다. 장발은 방송 출연을 금지한다는 '단발령'이 선포된 뒤 긴 머리에 핀을 꽂고 텔레비전에 18분간이나 출연했다. 덕분에 〈아름다운 강산〉은 장발을 단속하는 계기를 만든 곡이 됐다. 점점 정권의 압박이 심해져 멤버가 해산할 지경에 달했다. 경제적 어려움 때문에 멤버를 끌고 나갈 여력조차 없었다. 가수들은 다 떨어져나가고 신중현 사단도 해체되다시피 했다.

1973

now 김정미 | 성음레코드

Side 1

1 _ 해님
2 _ 바람
3 _ 봄
4 _ 나도 몰래
5 _ 불어라 봄바람

Side 2

1 _ 당신의 꿈
2 _ 아름다운 강산
3 _ 고독한 마음
4 _ 비가 오네
5 _ 가나다라마바

ㅣ1973년 가을, 가수 김정미만이 내 곁에 있었다. 신중현 사단을 해체하고 홀로 남아 작품에만 전념하다 보니 하나둘, 모두 떠나버린 것이다. 나는 가끔 잠적하곤 했다. 단지 곡을 쓰기 위해서 그런 건 아니었다. 심적으로 무언지 허전하고 세상 어딘엔가 머무를 곳이 있을 것 같기도 해 무작정 산과 들 그리고 바다를 돌아다녔다. 그러나 그곳에서는 곡을 쓸 수 없었다. 악상이 떠오르지도 않았다. 마냥 아무 생각 없이 있고 싶었던 모양이다.

잠적을 끝내고 돌아와 곡을 썼다. 불러줄 가수는 김정미뿐이었다. 당연히 당시 내가 만든 곡은 모두 그녀가 부르게 됐다. 나는 창법을 재정리하면서 새로운 음악성을 탄생시켰다. 당시 방황기에 사단을 떠나지 않았던 김정미가 있었기에 이 음반이 나올 수 있었다. 김정미는 내가 원하는 음악세계를 최대한 이해하려 했다. 잘 안 되더라도 고심하면서 이루 말할 수 없는 노력을 쏟았다.

이 음반을 녹음할 때 김정미는 스튜디오에 앉아서 노래했다. 기존에는 가수가 마이크 앞에 서서 노래하는 게 보통이었다. 세팅된 기기를 바꿔야 하니 녹음실 기사들은 불평을 해댔다. 게다가 음악인 사이에 구설로 오르내리기도 했다. 가수가 앉아서 부르면 노래가 나오겠냐는 것이었다.

나는 가수들에게 엄청난 시간을 들여 노래 연습을 시켰다. 계속 서서 노래하기 힘들다 보니 의자에 앉아 노래하게 됐다. 그러면서 장소나 육체의 변화가 감정을 빚어내는 데 영향을 미친다는 걸 깨달았다. 음악성 역시 달라졌다. 노래 연습 때와 같은 환경을 만들어주니 녹음 때도 음악성이 흐트러지지 않았다. 당연히 나는 대만족했다. 그러나 음반은 나오지 않았다. 제작자의 마음에 들지 않았던 것이다. 항의했더니 사진이 없어서 못 내어준다는 핑계를 댔다. 오기가 발동했다. 집에 처박아놨던 낡은 카메라를 들고 김정미를 차에 태운 뒤 고속도로를 내달리다 멈춰 섰다. 김정미를 언덕에 오르게 해 코스모스 꽃 앞에 세우고 사진을 몇 장 찍었다. 그 사진이 바로 이 음반의 표지다.

1974

신중현과 엽전들   신중현과 엽전들 | 지구레코드

| 명성을 얻은 신중현 사단의 가수들은 독립해서 잘나갔다. 신중현 사단은 해산될 지경에 이르렀고, 결국 혼자 해야겠다는 생각이 들기 시작했다. 베이스와 드럼만 둔 3인조 '신중현과 엽전들'을 만들었다. 최초의 3인조 그룹이었다. 노래도 직접 불렀다. 그렇게 낸 '신중현과 엽전들' 1집 앨범이 지구레코드사를 살렸다. 당시 유류 파동이 겹쳐 나라 경제가 여러모로 어려웠다. 레코드의 재료를 석유에서 얻는데, 유성기판을 찍어낼 원료도 구하지 못할 지경이었기 때문이다. 그때 〈미인〉이 터졌다. 그러면서 음악 붐이 다시 조성되기 시작했다. 문 닫기 직전까지 갔던 레코드사가 살아났다.

신중현과 엽전들은 한국적인 음악을 부르짖은 그룹이다. 한국적인 가락과 장단이 들어 있는 한국적 록을 강조했다. 그러면서도 세계적으로 통하는 음악성이 숨어 있었다. 지금도 당연히 좋게 평가하고 있는 음반이다.

Side 1

1 _ 저 여인
2 _ 그 누가 있었나 봐
3 _ 설레임
4 _ 생각해
5 _ 긴긴 밤

Side 2

1 _ 나는 몰라
2 _ 할 말도 없지만
3 _ 미인
4 _ 나는 너를 사랑해
5 _ 떠오르는 태양

1974

신중현과 엽전들VOL.2   신중현과 엽전들 | 지구레코드

Side 1

1 _ 산아 강아
2 _ 지키자
3 _ 어깨 나란히
4 _ 비둘기
5 _ 승리의 휘파람

Side 2

1 _ 뭉치자
2 _ 나
3 _ 아름다운 강산

　│〈미인〉이 금지되는 등 내가 만든 곡들이 하나씩 금지된 상태라 아주 힘들었다. 2집을 내면서는 멤버들과 아예 건전가요풍으로 만들기로 결의했다. '건전가요를 만들면 금지하지 않겠지'란 속내에서였다. 그러다 보니 전부 '나라 사랑' 따위의 가사만 들입다 써버렸다. 물론 이런 음악이건 저런 음악이건, 나름대로 음악성이 나오겠거니 하며 열심히 만들었다.

그런데 방송위원회가 방송을 금지시켰다. 당시 광화문에 있던 방송위원회를 찾아가서 항의했다. 그러나 막무가내였다. 무조건 금지라는 것이다. 당시 그 사람들은 법이나 다름없었다. 힘없이 돌아설 수밖에 없었다. 한 번도 틀어본 적 없는 음반, 나오자마자 방송 금지된 불운한 음반이다. 물론 음악성 자체는 말이 아니다. 나와 어울리지 않는 음악이다. 음악은 하고 싶은데, 당시 상황은 암울했기에 고육지책으로 만들었기 때문이다. 나름대로 록으로 건전을 표현했다고 생각했지만 위정자들의 귀에는 그저 반항으로만 들린 모양이다.

1980

신중현과 뮤직파워 1집 신중현과 뮤직파워 | 지구레코드

Side 1

1 _ 아무도 없지만
2 _ 아름다운 강산
3 _ 저무는 바닷가
4 _ 떠나야 할 그 사람

Side 2

1 _ 너만 보면
2 _ 신중현 히트곡 메들리
3 _ 커피 한 잔
4 _ 너와 나

| 해금된 뒤 처음 낸 음반. 신곡도 몇 있지만 거의 리메이크 곡이다. 활동 금지를 당하는 바람에 죽어버린 곡들을 다시 살린다는 의미에서 내놓은 음반이다. 〈아름다운 강산〉 같은 곡조차 대중들이 제대로 들어볼 기회가 없었으니까. 그때는 세상이 이미 바뀌어 있었다. 신중현이란 존재는 사라진 지 오래였다. 활동 금지에 묶였던 5년간 디스코 음악이 장안을 장악했다. 록으로는 안 된다는 걸 감지했다. 댄스뮤직이지만 록풍으로 해야겠다는 생각, 그것이 바로 뮤직파워가 추구한 음악이었다. 한동안은 나름대로 잘나갔다. 그러나 이미 밤업소를 지배하고 있던 다른 팀들에게 우리는 눈엣가시였다. '발이 안 맞는다' 는 등의 모략에 떠밀려 나이트클럽에서 쫓겨나기 시작했다. 아주 힘든 시기를 맞았다.

1982

신중현과 뮤직파워 2집 신중현과 뮤직파워 | 지구레코드

| 디스코에 록을 접목한 음악. 그러나 일반 대중들에게는 먹히지 않았다. 바뀐 시대에는 디스코로만 했어야 통했을 것이다. 그러나 우리로서는 그런 변절을 용납할 수 없었다. 음악성을 잃지 않는 형태를 지키려다 보니 사람들 귀에는 익숙하지 않았던 것이다.

Side 1

1 _ 내가 쏜 위성
2 _ 기다리는 마음
3 _ 코스모스 아가씨
4 _ 내 친구
5 _ 이렇게 몰라주나

Side 2

1 _ 비가 내리면
2 _ 잊어야 한다면
3 _ 봄
4 _ 꿈이었다면
5 _ 선녀

1983

세 나그네 세 나그네 | 서라벌레코드

| 1982년에 신중현과 뮤직파워를 해체하고 한동안 할일이 없었다. 1983년 초여름 3인조 그룹을 결성하고 '세 나그네' 라 이름을 지었다. 그러나 별 테마는 떠오르지 않아 생각 끝에 여행을 떠나기로 마음먹었다. 12인승 봉고차에 연습할 악기, 멤버 세 명과 동행자 네 명을 포함한 일곱 명을 싣고 어디론가 정처 없이 떠났다. 떠나는 차 안에서 작곡한 첫 곡이 〈길〉이다.

정처 없이 가다 해가 떨어질 무렵, 비가 내리고 있는 산기슭에 다다랐다. 계속 산속으로 차를 몰고 올라갔다. 어떤 곳은 길이고, 어떤 곳은 마치 내처럼 자갈이 깔려 있어 차는 몹시 흔들렸다.

그렇게 4개월여 동안 산과 길과 바다와 강을 떠돌아다니며 만든 곡들이 세 나그네 음반에 담겼다.

Side 1

1 _ 이제 그만 가보자
2 _ 한강
3 _ 떠나는 사나이
4 _ 바다
5 _ 마주 보는 눈길마다

Side 2

1 _ 즐거워
2 _ 광복동 거리
3 _ 길
4 _ 내

1988

그동안, 겨울공원 **신중현** | 오아시스레코드

| 세 나그네 활동을 접은 뒤 한동안 방황을 했다. 그러다 보니 공백 기간이 너무 길어졌다. 개인적인 침체기이긴 했지만 곡은 쓰고 싶었다. 〈그동안, 겨울공원〉은 그때 낸 독집이다. 내가 좋아하던 음악성을 구현하려 했다. 그러나 내가 활동을 하지 않던 시기라 고정 멤버가 없었다. 여기저기서 사람들을 데려와 작업을 하다 보니 전체적으로 원하던 음악성을 살리지 못했다. 더군다나 레코드 업계나 가요계의 기대에 부응하지 못했다. 그러다 보니 더 힘들어졌다. 그때 락월드를 폐쇄하고 우드스탁을 만들었다. 지하 세계로 접어든 것이다.

Side 1

1 _ 그동안
2 _ 잊지 마
3 _ 미소
4 _ 험한 길
5 _ 큰 새

Side 2

1 _ 겨울공원
2 _ 스쳐만 가
3 _ 시골처녀
4 _ 가지 마오
5 _ 당신이 가야 하면
6 _ 시장에 가면

1994

무위자연 신중현 | NICES

신중현 · 無爲自然

| 노자사상을 담은 이 시대의 도덕경으로 일컬어지는 본 앨범은, 내 험난했던 성장기를 대변해주는 나의 또 다른 역설이자 표현이다. 데뷔 35주년을 기념하여 내놓은 이 앨범에는 내가 그동안 다뤄온 산과 물에 대한 애정의 산물인, 나만의 철학이 담겨 있다. '하나 되자' 는 옛 성인들의 외침을 음악으로 표현하기 위해 노력했다.

CD 1
1 _ 할 말도 없지만
2 _ 그 누가 있었나 봐
3 _ 어디서 어디까지
4 _ 나도 몰래
5 _ 미인
6 _ 너만 보면
7 _ 즐거워

CD 2
1 _ 길
2 _ 떠나는 사나이
3 _ 내
4 _ 산아 강아
5 _ 아름다운 강산
6 _ 전기기타 산조

1997

김삿갓 신중현 | 킹레코드

┃ 한국적 록의 진로와 방향을 잡은 음반. 〈김
삿갓〉에 이르러 한국적인 록이란 어떤 것인지 감을
잡기 시작했다. 나는 한국 남성의 멋이 넘치던 방랑
시인 김삿갓의 시와 인생에 완전히 반해버렸다. 짧
은 글로 인생철학을 담아내는 그의 표현에 푹 빠졌
다. 그의 시를 세계적으로도 알리고 싶다는 생각을
했다. 김삿갓을 세계적인 시인으로 알리는 데 내 음
악이 혹여 도움이 되면 좋겠다는 희망을 품고 그의
시에 곡을 붙였다. 방랑하던 김삿갓의 궤적을 따라
다니려는 듯이, 캠코더를 들고 우리 산하 이곳저곳
을 돌아다니며 영상에 담아내기도 했다.

CD 1

1 _ 간음야점
2 _ 돈
3 _ 비봉폭
4 _ 봉우리
5 _ 눈
6 _ 대나무
7 _ 눈보라
8 _ 나그네
9 _ 간산
10 _ 가련기시

CD 2

1 _ 가련기시
2 _ 훈장
3 _ 새야
4 _ 금강산
5 _ 삿갓을 노래하다
6 _ 낙엽
7 _ 죽 한 그릇
8 _ 요강
9 _ 갈매기
10 _ 금강산시

2002

Body & Feel 신중현 | (주)신중현 엠앤씨

| 나는 어쿠스틱 기타를 치고 아들 윤철에게 리드 기타를 맡겼다. 오케스트라 스트링도 썼다. 지금 데리고 있는 드러머 이상원도 참여했다. 한마디로 노년기에 접어드는 초입의 음악이다. 젊은 피(아들 윤철)를 수혈받는 등 모든 걸 받아들인 음반이다. 노년기에 하나의 음악성을 정리는 해야겠는데, 이렇다 할 답이 나오지 않았다. 이런 방향에서 음악을 찾으면 무언가 나오리라는 생각으로 만든 앨범이다. 그러나 당시에는 해답을 얻지 못했다. 일종의 과도기에 있던 음악이다. 한마디로 정리하자면 '노년기에 낸 리메이크 앨범' 정도가 될 듯하다.

CD 1

1 _ 미련
2 _ 마른 잎
3 _ 나는 너를
4 _ 늦기 전에
5 _ 빗속의 여인
6 _ 봄비
7 _ 님아
8 _ 석양
9 _ 미인

CD 2

1 _ 꽃잎
2 _ 잊어야 한다면
3 _ 커피 한 잔
4 _ 나뭇잎이 떨어져서
5 _ 거짓말이야
6 _ 님은 먼 곳에
7 _ 간다고 하지 마오
8 _ 떠나야 할 그 사람
9 _ 아름다운 강산

2005

안착 신중현 | 신나라뮤직

CD 1

1 _ 나는 너를
2 _ 바람
3 _ 봄비
4 _ 꽃잎
5 _ 미인
6 _ 미련
7 _ 빗속의 여인
8 _ 거짓말이야
9 _ 잊어야 한다면
10 _ 커피 한 잔

| 역시 리메이크 앨범이다. 록에는 여러 종류가 있다. 이 음반을 작업하면서는 어떤 틀에서 벗어난 록을 만들고자 했다. 안착은 모든 걸 깨버리고 편안하게 자리를 잡는 것이다. 자리를 잡기 위해 굴레를 탈피하는, 아주 자유스러운 음악이다. 복잡하고 틀이 많은 게 아니라 간단 단순한 걸로 모든 걸 파괴하며 편안하게 안착하는 것. 그런 생각으로 음악을 했다. 음악에 빠져들면 그런 의도를 느낄 수 있다. 그러나 음악에 빠져들기가 쉽지는 않다. 록의 골수들은 좋아하는 음악이지만, 요즘 시대에는 잘 맞지 않는다. 지금은 짜임새 있고 아기자기하고 기교 있는 걸 좋아하는 시대니까. 모든 걸 파괴하고 다른 세계로 빠져드는 이 음악을 들으면 뭐가 뭔지 모르겠다는 생각이 드는 게 어쩌면 당연하다. 언젠가는 이런 음악에 빠져드는 사람이 늘 것이라 생각한다.